至元述林

至元社
CHIH PUBLISHING

『至元述林』丛书

常任编委
朱万章　谷　卿

策划人
唐饮真

方壶楼亚引

薛永丰

著

北京联合出版公司
Beijing United Publishing Co.,Ltd

总序

时移世易，从"整理国故"到"批判清理"再到"全面复兴"，百年以来的学术命运正与国家命运息息相关。在万象纷呈、众声喧哗的今天，如何跳脱旧窠、摒除干扰，并以更平和的心理与更审慎的态度，实事求是、求其所是地想象和认知古典中国，是我们志于且乐于探求之事。

"至元集林"所要建立的就是这样一个共同体：初见它的构成者各不相关，置于一处却成为一种精神的全息图景；它意欲凝聚精致的学问，其间暌违已久的可贵性情亦随之而来；它发扬的是古典学术与文艺中的"为己"传统，或也彰示了对当下与未来的种种责任。

我们既不为命令和恳求而研究，也不为炫夸和苟且而写作，我们仅是把一种表里如一的专注和切实如需的主张透过我们感兴趣的话题和对象呈现出来，虽仅寸心所感，却相信能以心传意、心心相印。

一个漫长的历险已经启程。我们在此无意发表什么壮伟"宣言"或许下何等"宏愿"，唯愿多年以后回顾斯时，仍有那股久违的安然和欣慰。

谷 卿

2016 年 6 月 30 日于社科院文研所

目录

著作序跋

短论杂议

书画引言

张立辰的指画

张立辰擅长写意花鸟画和兰竹，也精于指画，画风雄奇恣肆，老中带媚，有南方画派的奇秀滋润，又兼有北方画派的沉雄豪放。其优秀画幅，大多感情饱满，造境新奇，不仅有较强的时代气息，而且有较厚的传统根底，因此得到了不少前辈画家的称许和众多观者的好评。张立辰的艺术有一个突出的特点，那就是指画和笔画兼长并擅，相得益彰。看到他的指、笔并工，很容易想到对大写意笔画和指画都做出了突出贡献的潘天寿，张立辰正是潘天寿的学生。不过，他师学老师的神理而不袭其笔迹，经过刻苦钻研，已自开户牖。这不但表现在笔画上，也体现在指画中。

指画，又称指头画或指墨。它是中国画里的特殊品种，自具芳香，独擅胜场。相传唐代张璪作画"或以手摸绢素"，开启了指画的先河。清初高其佩，则正式创立了指画。他自弱冠即以不能自成一家为恨，昼思夜想，形诸梦寐，一日梦见以手蘸水作画，醒有所悟，从此以指运墨，信手拈来，头头是道，成为指画巨擘。以后，专攻或兼善指画者日多，蔚然成为中国画的一个支派。一般的中国画，都用毛笔描绘，画家借助毛笔的神明变幻来状物抒情。就工具而言，可称毛笔画。指画则不用毛笔，全靠指甲、手指和手掌来运墨涂写，并因此而得名。二者虽工具有别，但都具备中国绘画的韵味。高明的指画家，以指代笔，似乎避易就难，却同样可以按照中国画的审美趣味和造型规律牢笼物态，抒写情怀，做到粗中有细、拙中有巧，在粗服乱头中流露出一种天真率意不假雕饰之美。在造型的不似之似和笔情墨韵的表现上，指画不比笔画减色。在风格的豪放质朴单纯和直抒胸臆上，指画又有笔画所无的艺术效果。这是因为中国指画产生于笔画高度成熟之后，不知不觉中受到了历史悠久的笔画的涵养。指画家看似废弃了毛笔，其实却吸收了一切行之有效的用笔运墨的法则，以指代笔。为此，只有对笔画训练有素，指画才能得心应手。指画造诣高的人，又可以反过来丰富其笔墨的表现力。潘天寿继承发展了高其佩以来的指画传统，从理论和实践上把指画推

图1 张立辰指画《葡萄》方壶楼藏

3

向了新的阶段。他以切身体验深刻指出：指画"须以笔画为基础"，但"不必与笔画相似"，二者的内在联系是"运笔，常也。运指，变也。常中求变以悟常，变中求常以悟变"。他的见解透辟地揭示了指画同笔画的辩证关系。

张立辰亲得潘天寿传授，明了中国画传统的神髓，谙熟指画三昧。他的指画，不以技法的炫奇弄巧取胜，而是"本乎立意，归乎用指"，立意力求新颖，表达独特感受力求真切。同时，在画法上亦不墨守成规，颇有创造。《绿梅》别具思致地表现了"奇香不逐枝头老"的立意，淋漓尽致地抒写了在无锡梅园的切身感受。是平明，也许是薄暮，在熹微的光影和夜气浑茫中，老干如铁，横斜的枝丫似在微风中战颤，梅花个个玉润珠圆，如万点明珠，争妍怒放，真如有奇香袭来，使人耳目一新。图中梅瓣不用前人的勾花点蕊法，匠心独运，径自以指蘸石绿点成，或浓或淡，或满绿，或仅余轮廓，或半干半湿，妙造天成，虽未点蕊蒂，却反而保持了感受的鲜明。

他的指画还善于发挥指墨之长，饶有运指落墨的单纯明快之感和解衣盘礴、大璞不雕的高华纯净之美。《绿荫》只画叶两片，竹鸡一只，简无可简。蕉叶骈数指涂抹，只写其形，不画其筋，但却在大块墨色的对比和变换中，造成了鲜明的节奏感，给人以强烈的印象。图中长题，是题跋，也是构图的有机组成部分。由于它似有意若无意地造成墨块与线条的对比，也才完整了布局的起承转合。《寿石图》的构形也极简赅，只有两块石头，一块巨大而矗立，一块很小而偃卧，大而立者，略弓其项背，苍劲有如老翁；小而卧者，头披丛草，顽皮如稚子。全图浓淡、干湿、虚实的对比异常强烈，有逼人的整体感气势和压人的量感。

巨石暗部积墨至四五遍，层次丰富，蔚然深秀，浓郁若含乌云；其亮部平行运指爪皴纹，乱中有序，时露飞白，仿佛老人面部饱经风霜的皱褶。其顶部又落指运宿墨为大苔点，落墨无多，便成功地表现了历经千年风雨的寿石的蓬勃生命力。以上两图虽然都十分洗练，但在元气淋漓中有丰富的变化，在若不经意处有惨淡经营，《寿石图》右方空白中的两滴墨点，本系误落，但却成为联系巨石与题款笔势与行气的枢纽，大有因势利导，误笔成蝇之妙。

张立辰的指画，还善于运用笔画中千百年来积累的状物本领和形式美法则，因此画风奔放浑朴而不失艺术感觉的精微，信手挥洒却法度井然。《雪》不仅以恰到好处的指法、墨法描写了瘦竹的衔寒而劲、芭蕉的映雪而肥，而且以层次丰富的铅灰色背景，在重墨所画蕉竹和巨石暗部的衬托下，显现了雪意凄凄，还通过巨石、芭蕉与丛竹取势的各相乘除，细微而贴切地表现了微风的玲珑。由于作者把鲜明的形象感受与良工苦心的浓淡、虚实、整碎等形式美规律有机地结合起来，所以有风雪凄迷之感，在画幅的右下方描绘得相当得体动人。

他在指画的技法上也有一些发展，历来的指画家，包括潘天寿，大都用指甲、指头、手掌运墨，张立辰又附之以手背。他认为，手掌和指肚肉多于骨，指甲又有骨无肉，手背则有骨有肉，以手背运墨可以出现刚柔相济的特殊效果。在用纸上，他也和潘天寿一样，时以豆浆水做纸，使其便于控制渗化的程度，但是，他以豆浆水制纸的方法却有别于潘天寿，不是一两次做成，而是多次淋洒，从而落墨之后能出现更丰富的层次。他尤其善于用水，善于用大块墨色，甚至用泼墨泼水法、水冲法，因而形成了泼辣浑厚、淋漓恣肆的风格。

张立辰在指画上所取得的明显成绩，除去老师的教导之外，主要是自己多年刻苦实践的结果。他认真领会传统的精髓，但志在创新，为此要求自己不画重复的画，不走别人的路，在体味自然上用心，在抒写切身感受上致力，在研究笔画和指画的同异上思考，在发挥指画独有的表现效能上实验。终于在艰苦的艺术劳动中初步做到了"经诸目、运诸掌、得之心、应之手"，意到指随，指尽意在。写到这里，我不禁想起恩格斯的一句名言。他说："手不仅是劳动的器官，也是劳动的产物。"包括张立辰在内的历来指画家，他们之所以以指代笔后仍能在绘画上取得出神入化的奇效，这正是具有悠久传统的中国画家运用毛笔进行创造性劳动的结果，千百年来无数画家的运笔实践和运笔经验的凝聚，使得画家的手变得异常灵巧而富于表现力。在这样特殊的历史条件下，才产生了中国独具艺术魅力的指画，也才有指画的不断发展。那种以为指画是纯技术而惊叹的人，正像认为指画是炫奇弄巧的人一样，他们是不懂得这个道理的。

原载《迎春花》1982 年第 3 期

黄叶村的江南山水画

中国山水画不同于西方风景画之处，最主要的两点是讲意境和重笔墨。以笔墨语言表达情与景的结合。在近年被发现的"人去业显""借古开今"的老画家中，安徽的黄叶村，是继江西黄秋园后又一个在贫困坎坷的生活道路上锐意继承山水传统的画家，他在晚年以其深厚的功力和深入的认识，取得了不同寻常的成就。

为了构筑江南山水与乡土之爱相交融的动人意境，黄叶村在数十年任教于中等学校之余，深情感受皖南的山水，通过"先继承，后创新，边继承边创新"的艺术实践，研究宋元明清以至近代新安派画家的作品，超越了时风的遮蔽，从别人忽略的传统真谛中吸取多方面的营养，保证了自己在前人的肩膀上攀登的高起点，并以"十年点，二十年线，三十年意境"的苦学精神与顽强毅力，孜孜以求，不追时尚，不求闻达，终于在历尽劫波的晚年以深厚的传统功力，学古而化，创造了一批优秀的作品。

这些作品，生机奕奕，笔墨浑化，植根传统而不乏新意，成功地表现了江南山水的明秀，抒写了高旷而恬适的情怀。特别是新时期的作品，无论画名山胜境，还是构筑心中美景，都充满了宁静中的蓬勃生意，都注入了内心深处的活泼自在，真像他说的那样"云淡雨香诗世界，水流花放画根源"。

由此可见，在他的心目中，山水不是某处纯客观的自然景色，不仅表达了乡土之爱，而且是一种浸透了民族审美意识的广大境界和独特文化。他对这种境界和文化，则通过巧妙地运用了虚实、浓淡、隐显、动静等对比手段，而且在使用笔墨上把点线面、勾皴染交织渗透为一，取得了意到笔随清快而厚润的收效。

图2　黄叶村《浅绛山水》方壶楼藏

黄叶村植根传统的创新，并没有排斥对西法的吸收消化，但他从传统走来的艺术道路，是由临摹而创作，由师古人而师造化，由钻研笔墨而讲求意境，入古而出新的。他毕生都在竭力潜入传统深处，再从中生发出来，他主张"重自然"而不"重复自然"。在创作中，他按传统的语言方式提升自然，注入感情与精神，虽未刻意领异标新，却不乏生机与新意。

原载《经济日报》1989 年 2 月 12 日，有增润

光和热的颂歌

——看首届煤矿艺术节的美术展览

煤是黑色的，似乎并不美。然而，一旦从地下开采出来，就迸发出绚丽多姿的火花，织成道道人工彩虹。明代的于谦不但写过脍炙人口的《石灰吟》，而且有诗《咏煤炭》。诗曰："凿开混沌得乌金，蓄藏阳和意最深。爝火燃回春浩浩，洪炉照破夜沉沉。鼎彝元赖生成力，铁石犹存死后心。但愿苍生俱饱暖，不辞辛苦出山林。"

他歌咏煤炭之美，讴歌煤炭的光和热，并用以比拟为百姓饱暖而出山的清官，却不是歌颂采煤工人，然而作为新时代主人翁的采煤工人，不仅给人间送来光和热，而且用双手创造出许多人间的艺术美。首届煤矿艺术节的美术展览雄辩地表明：使我国产煤量突破十亿吨跃居世界首位的广大煤炭职工不仅是物质文明的建设者，也是精神文明的创造者。

通观展出作品，有三个十分引人注目的特点。首先，这些作品不是来自象牙之塔中的主观空想，而是源于深有所感的煤矿生活实际，洋溢着浓郁的"煤味"。作者以各种美术形式热情地讴歌光与热的灵魂——煤炭工人，赞颂他们的艰苦创业、奋力拼搏的平凡劳动，描绘自己所熟悉所眷恋的矿山的人和物，表现令人鼓舞的"团结、奉献、奋进"的精神风貌，尤其善于在艰苦而危险的情境中发现动人的美，在纷繁的音响中突出表现了时代的主旋律。

中国画《子夜》描绘的是向大地要乌金的探测队员的挑灯夜战，冰天雪地，灯火通明，披星戴月送夜餐的姑娘，更使这一充满奉献精神的场景升起了团结战斗的腾腾热气。油画《煤魂》在温暖的色调中深入地刻画了两代矿工的典型形象，老者的坚毅与无限欣慰，年轻人的憨厚与斗志昂扬，相得益彰地体现了"煤魂"的代代相传。其他如中国画《掘进周》《矿工的妻子》、油画《我们矿的年轻人》《木箱上的狗尾草》、版画《春光》《黑色长河》都从不同角度描绘了井上井下的生活与战斗，刚烈与柔情，寄托了作者对煤矿事业的无限深情。

其次，作者几乎不存在前几年流行的"玩艺术"的闲情逸致，他们十分重视作品的经世致用的职能，有着严肃的创作态度和寓教于乐的立意。在各个画种中，描绘子承父业、新老交替，女矿工以及女矿工美满婚姻的很多，这绝非偶然。中国画《赵钱孙李》对新一代来自五湖四海的意气风发的矿工的描绘，表现了异姓而同心的深刻立意。如果说，宣传画《团结、风险、奋进》《警钟长鸣》《安全为大》，集中体现了作者以美术的形式进行自我教育，那么《你想过煤的价值吗》、浮雕《心中有个他》，则说明作者旨在引起广大群众关注开采煤炭的伟大事业。

第三，作品在艺术形式风格上颇有新的探索，但绝不为形式所束缚。油画再现的写实风格中，加强了人物心理的刻画和寓意。中国画人物、山水、花鸟、工笔、写意，各色俱备，其中《地心交响曲》吸收高速摄影技巧，表现一日千里的掘进，新颖大胆。《更衣图》则以工笔手法画影子，虚中有实，生动有趣。版画《矿工的太阳》更把具象与抽象、民间染织效果与各种刀法的使用相结合，从而具有了言简意赅、浅出而深入的表现。

总之，这一展览是成功的，它对于美术创作如何有利于精神文明的建设提供了有益的启示。

原载《中国煤炭报》1990 年 8 月 18 日第 879 期

原题《煤与美——看首届煤矿艺术节的美术展览》，有增改

造化钟神秀　笔墨奏笙簧

——秋园老人笔下的庐山

坐落在黄秋园家乡附近的庐山，神奇氤氲，秀出东南，历尽沧桑，极多胜迹。那壮美灵奇的景观，使人惊叹造化之神秀；那熔铸着历史文化的名胜，更令人兴起无限遐思。自古以来，不但无数高蹈之士遁迹于此，而且不知道有多少诗人画家以生花之笔深情礼赞。仅就画坛而论，不仅东晋顾恺之与五代的荆浩画庐山，并且明代的沈周和清代的石涛也画匡庐。值得注意的是，上述画家谁也没有一而再再而三地描绘庐山。把庐山作为山水画母题反复讴歌的大画家，据我们所知，只有本世纪的秋园老人。

人亡业显的秋园老人，一生画过多少幅庐山，现已无法得知。在笔者见闻所及，至今仍存留十余件之多，按创作年代排列，最早者为1976年的《香炉飞瀑》与《庐山览胜》，最迟者为作于1979年的《匡庐胜境》与《庐山高》。就此可知，秋园老人的庐山图全部完成于晚年，亦即画于他仙去前的最后四年之中。这时，他已从银行退休，全力投入创作，而且"四凶"覆灭，大地重光，老人倍感心情舒畅，焕发出蓬勃旺盛的创作激情，由是，他借助无穷的兴会，借毕生之感悟与经验，把山水画创作推上了一生的峰巅。画多幅庐山之前，老人已从先师古人后师造化进入了师心自用的境地，画多幅庐山之际，他已形成的江山之助囊括各家又借笔墨写天地万物而陶泳乎我的全新风貌。而且顿悟妙理，日精一日。因此，观赏老人的庐山图系列，不唯可以感受随着年龄的日增，老人对乡国山川寄予的深情，而且不难领略老人山水画卓然大家的精诣。

遍观秋园的庐山图，大体可分为两类。一类尺幅较小，风格清简俊爽，一律创作于1976—1977年。绘景落墨在八大、石涛间的《香炉飞瀑》，笔墨丘壑在石涛、弘仁间的《香炉峰远眺》，是这类作品的硕果仅存。另一类作品多大幅长卷，风格繁茂雄深，个别作于1976或1977年，而多数完成于1978—1979年。《庐山览胜》（1976）、《庐山五老峰》（1977）、《庐山浓翠》（1977）、《庐山三叠泉》（1977）、《匡庐胜览》（1978）、《香炉峰》（1978）、《匡庐溪居》（1978）、《庐山梦游》长卷（1978）、《匡庐胜境》（1979）、《庐山高》（1979），均在此列。

比较两类作品，可以看出秋园老人在庐山图创作上的一次重大飞跃：由简洁清旷而繁茂雄苍，由"空景现"而"神境生"，由即兴的"绝句"到壮丽的"歌行"。谓予不信，请试言之。第一类作品虽取境有远近之别，画法有工率之异，但均画香飞瀑，取景求简，善用空白，笔墨亦不求层叠厚重，给人的观感是奇宕而空灵，超逸而清旷。画上还均题李白《望庐山瀑布》五古一首，全文如下：

西登香炉峰，南见瀑布水。挂流三百丈，喷壑数十里。欻如飞电来，隐若白虹起。初惊河汉落，半洒云天里。仰观势转雄，壮哉造化功。海风吹不断，江月照还空。　空中乱潈射，左右洗青壁。飞珠散轻霞，流沫沸穹石。而我乐名山，对之心益闲。无论漱琼液，还得洗尘颜。且谐宿所好，永愿辞人间。

联系李白之诗与秋园之画，不难发现，秋园之属意庐山，很可能因李白诗篇而激发了灵感，但受诗题局限以及诗人高蹈思想之影响，以致未能尽展雄才，充分展现"仰观势转雄，壮哉造化功"的富赡崇高之美。

第二类作品虽景象千变万化，毫无雷同，但一律景观丰赡，境象雄深，主峰仰之弥高，群峰罗列映带，丘壑雄奇，咫尺重深，古木苍茂，苔草丰美，水流清澈而时隐时现，岚气氤氲亦若明若晦，苍苍莽莽，气象万千，山峦变幻，更如云蒸霞蔚。很像伏滔《游庐山序》所讲："背岷流面彭蠡。蟠根所据，亘数百里。重岭桀嶂，仰插云日。"又似支昙谛《庐山赋》所述："昔哉壮丽，峻极氤氲。包灵奇以藏器，蕴绝峰乎青云。景澄则岩岫开镜，风生则芳林流芬。"这一类作品不管取什么题目，均放开视野，敞开心胸，画庐山不拘于一丘一壑，写襟抱不限于胜迹名峰，尤以"大美"与"充实"之美为追求，表现了庄子所谓的"天下有大美之不可"与孟子所谓的"充实之谓美"。

追求不可言的大美，又求其充实，显然会赋予庐山图以更加宽广深沉的意蕴。此际的庐山图，少数延续稍前的做法，依然题写前述李白长诗，但画境已臻郁勃雄苍，多数则另题诗句。题于《匡庐三叠泉》与《庐山高》的诗，大略取意于沈周，以庐山之伟峻象征人品之崇高，由景及人，钦仰讴歌。该诗历数庐山之崇伟神奇，最后写道："宠荣声利不可以苟屈兮，自非清泉白石有深趣，其气兀硉何由降。丈夫壮节似君少，嗟我欲说安得巨笔如长杠。""无欲则刚，有容乃大"，唯其摆脱宠荣声利，才可能像生生不息的宇宙一样，与道同机，在生机勃发的空间境象中驰骋自由蓬勃的精神。由简洁清旷到茂密雄深，从乡国之挚爱到人品之颂歌，说明秋园老人的庐山画境已"究天人之际"。正因为老人志在"究天人之际"，所以他亦深"通古今之变"，在包孕传统上，含英咀华，善于去取。

以构境而言，他不取"一角""半边"，也不作"三叠两段"，

图3　黄秋园《山水》中央美术学院美术馆藏

既取法于五代北宋人的全景，又得益于元代王蒙的山重水复和清代石涛的"搜尽奇峰"。所作巨幅庐山，大多壁立千寻，又虚怀若谷，"高远"为主，"深远"辅之，尤擅远山近画。恍如"山从人面起"，气势撼人，层次井然，依稀可见传为荆浩《匡庐图》的丰赡与气局，范宽《溪山行旅图》的"远望不离坐外"，王蒙《青卞隐居图》的茂密蓬勃，石涛《搜画奇峰打草稿图卷》的波澜壮阔。

就丘壑林木而论，他不学宋人的着意刻画，却有其骨体坚凝。不学元人的超迈淡逸，却有其错综变化。具体而微，又浑然一体，得不似似之之妙，合写实写意为一。峰岭岗峦，极方圆之变幻；老树虬枝，如龙蛇之腾空；浓苔密草，又遍铺于奇峰古木之间。恍若以山石为骨体，以草木为毛发，以泉流为血脉，在大气磅礴中，表现了与人类呼吸相通的生命意识。对此，李可染精辟指出："画得浑然一体，若即若离，有人画树山石，让它们各自孤立开来，画面松散，视觉上互相顶撞，不懂得那是一个东西。黄秋园把后面的山和前面的树石画在一起，整体感很强，……把自然万物当作一个整体来画。"他虽未论及生命意识，但就丘壑林木整体感的分析，真可谓知者之言。

在笔法墨气方面，秋园老人的过人之处，在于不满足以笔墨被动地描山画树，而是以笔墨的"一画之理"带动丘壑林木的生发变态，实现其"情随景转，笔发象新"，实际上，庐山万象早已成为他的胸中丘壑，腹内云烟。这胸中意象不唯与老人雄苍朴茂的达人襟怀融合无间，而且也早已与独有的笔墨形态及笔墨秩序互为表里。唯其如此，老人晚年的庐山图，如胸中吐出，并无刻意经营之迹，是庐山胜境，也是闪耀着心灵之光的点线交响。不仅如此，他为了使上述极诣得以实现，又旁参龚贤，特别是黄宾虹的积墨法，而出之以石涛、石溪的点线，在积墨法中强化点线群体的作用，可谓秋园老人的创造。具体说来，便是以笔的累积求墨的深厚，幅幅庐山，处处见笔，处处是点线，又笔笔相生相应，组成点的聚落与线的群体，以聚落与群体交错叠压，在清晰中求浑成，在神贯气连中见苍莽，取得了浑厚而不凝滞、华滋而氤氲满纸的奇效，如闻天籁，如奏笙簧。

欣赏秋园老人晚年的庐山图，既可以在这些纪念碑式的作品中升华平庸的灵魂，领略中华名山的永恒神秀，体会中国画家"澄怀观道"神游物外的哲思，又可以学习老人"借古以开今"的精能绝诣。

原载香港《名家翰墨》总 46 期，1993 年

温煦绚烂写高情

——萧淑芳先生的花卉画

生机无限的花卉，万紫千红，绚丽夺目，迎风映日，带露含烟。其活色生香之态、争妍竞秀之情、生生不息之理，千古以来一直吸引着善于感悟自然美的画家，成为他们讴歌生活寄托感情的凭借。在"天人合一"观念的陶熔下，中国画界尤为钟情于此。唐宋以来，民间画家画花卉，宫廷画家画花卉，文人画家也画花卉，真可谓名家林立，流派纷呈。只是那时尚少异质文化的刺激，各家各派实际上都仅在固有的传统上发展演变，至清末已由于因袭成风，脱离造化，酿成了无可避免的衰落。

20世纪以来，西学东渐，中西文化的碰撞与交流，为中国花卉画的复兴提供了新的机遇。一些有条件学兼中西的画家，开始思考中西艺术的相通之处，探索怎样有批判地继承传统，以开放胸襟吸取西画良规，走出一条融合中西的创新之路。不过，由于时代的原因，融合中西的画家大多主要致力于人物、山水而兼及花卉，少有在传统基础上创新一派中那样专门的花卉名家。直到60年代之后，特别是新时期以来，才出现了众所公认的花卉画家，而萧淑芳先生则以鲜明的风采和绚丽而高雅的格调，成为其中享誉艺林的杰出代表。

青年时代的萧淑芳先生，即先后在国立北平大学艺术学院和中央大学艺术系学习西画，从学于克罗多、李超士和徐悲鸿，同时学习中国画，师从汪慎生、汤定之和陈少鹿。后又留学欧洲，在瑞士、英国和法国学习西方绘画与雕塑。1949年之后，她始而在创作中本着"古为今用，洋为中用"的精神，描绘新生活，讴歌新风貌。继而在从事水彩静物的教学中，中西两方面的学养日渐贯通，她的别具一格的彩墨花卉画也日臻成熟。七八十年代以来，她更以高涨的热情全力投入这一全新艺术世界的创造，完善了自己的风格意蕴，确立了画坛上令人瞩目的地位。

萧淑芳先生融合中西的彩墨花卉画，在艺术表现上，善于融会贯通，包罗众法。她把勾勒染色和"纯以彩色图之"的没骨结合起来。把写意的大笔点厾和工笔的平面装饰意匠结合起来，更把传统的色墨相生与水彩画的色调变化层次对比结合起来，以写生的方法和写实的作风为基础，摆脱前人程式套路对观察对象和表现对象的束缚，使笔墨贴附于形象而不是游离其外，从而刷新了传统花卉画的面貌。

图4 萧淑芳《迎春》方壶楼藏

与此同时，她更以传统的写意精神为主导，为了强化感受，突显花卉的形神生韵，又在把握对象结构质感甚至必要细节的前提下，大胆取舍，精意提炼，利用空白，突出主体，纯化形象，甚至在题写画名上画龙点睛，提示立意并拓展画境，从而赋予了传统以新的生机。

更难能可贵之处，在于萧先生的花卉画充满了以高尚情操陶冶人心的意蕴，形成了明快高华大方而天成的格调。花卉画虽然直接描绘自然美，但其动人之处却来自作者注入的品格与情操。高尚的品格与高贵的情操，来自积年累月的修养，诚于中而形于外，必然会不期然而然地流露于选材，为象、布局、运笔、没色，特别是立意中。因为萧淑芳先生有一颗热爱自然、热爱生命、坦荡光明的平常之心，她在花卉画的取材上，才能不依傍前人，才能去画同时代百姓喜闻乐见的扶桑、紫鸢、百合、杜鹃、郁金香、君子兰甚至名不见经传的小野卉。正因为她内心的宁静充实与为人的豁达大度，才可能在为花卉传神写照中突现花朵的饱满充盈，单纯明快，才能够不装腔作势，炫耀技巧，而是充满真情地画出展翅青云、处处春光或风和日丽的情境，才能达到同行们已多次称道的：笔简神骸，境显意深，平不类弱，自然浑成，丰润而不柔媚，绚丽而不艳冶，和雅中见温煦，饱满中见茁壮。她不是仅仅在画悦目赏心的自然美，而是在画真善美统一的一片祥和、无尽生机和心底光明。

原载《荣宝斋》2003 年第 5 期

高情重彩　重现辉煌

——蒋彩苹从教 50 年师生展观后

中国的重彩画，特别是工笔重彩，唐宋以前是中国画的主流。其主要特点有三：一是注重传神和表现生命感的"应物象形"性，二是以书法式线描造型的"骨法用笔"性，三是发挥色彩材质美的"随类赋彩"性。按类用色，自然也导致了一定的装饰性。但一千多年来，重彩画受到两方面的冲击，先是"水墨为上"的元明清文人画的冲击，接着是 20 世纪以来彩墨写实绘画的冲击。前一个冲击，以程式化的"以意为之"，在不同程度上削弱了"应物象形"性，也以"运墨而五色俱"的观念，减弱了多种色彩的表现力。后一个冲击，以西式的写实观念改革了文人水墨画的弱于造型乃至"不求形似"，但无论焦点透视的引进，还是条件色的借鉴，都遮蔽了构图意匠经营的传统，也把讲求重彩材质美与一定装饰性结合的传统边缘化了。

新时期以来，在潘絜兹先生的倡导下，蒋彩苹师生成为复兴重彩画的生力军。蒋彩苹教授是在新中国成长的第一代工笔重彩人物画家，更是开创中国现代重彩画的学术带头人。她以创新精神和现代意识，开掘岩彩画的传统资源，以道器结合的理念把提升重彩画的精神性和发挥颜料的灿烂性密切结合起来，为现代重彩画的发展与开拓奠定了基础。她的艺术实践，包括创作实践和教学实践——这是与其他艺术家相同的。但还包括了科学实践，探索研制新的重彩颜料——这是其他同辈国画家没有做的。

她的创作和传统的重彩画比，明显有三个方面的突破：

一、以生活中发现的美丰富并提升了重彩画的精神境界。她的作品如人物画《宋庆龄》，在高度概括的时代环境中，刻画了这位伟大女性的光辉一生，美丽而端庄，坚毅而和善，一脸光辉而胸怀理想，不仅传神阿堵，而且很有深度。《三月三之夜》描写春日佳节幽静的夜晚，在河边等待的少数民族少女，人物充满对幸福的期待，色调宁静而有光泽，画重彩而栩栩如生，情韵出于画外。花鸟画《金芭蕉》，以细腻而又深刻的感受，迁想妙得，歌颂了生命的光焰和美丽，衰老焦黄的芭蕉，在她笔下变成了金光灿灿的软雕塑，凝固成纪念碑，震撼人心。《筛月》画凋零的残荷，叶脉像轻纱一样，把轻柔的月光，筛落在静静的荷塘上，润物细无声，深情妙韵，令人感动。

二、以现代审美意识开拓了重彩画构图的新意境。特别在花鸟画方面，无论《金芭蕉》《红珊瑚》，还是《洋兰》，都出之以近距离的特写。既以平面构成手法强化了整体感，强化了视觉张力，又凸现了细节美，把重彩的宝石光发挥尽致。

三、以科学实践的成果重现了重彩的辉煌。她对重彩画材料的发掘和开拓，基点是中华美学，是宗白华所揭示的两大美学范畴之"镂金错彩"。她把久已丢失的"镂金错彩"之美，自觉地纳入重彩画的复兴之中。其早年受教于刘凌沧、于非闇等名师，善于从早期和中世纪的中西艺术材料中发现使用石色的共性，又把金箔、云母，从敦煌、永乐宫、法海寺壁画找回来，更在彩绘兵马俑和日本人造岩彩的启发下，根据石色所具有的光彩，指导科学实验，研制成功"高温结晶颜料"，不仅保持结晶体的宝石光，而且极大地丰富了重彩画的色相，为发展色调的表现力创造了条件。

在教学上，她热心忘我投入人才培养，是造就新一代重彩画家的名师。在退休以后全力主持重彩画教学，十多年来，她对重彩人才的培养，大约分三个阶段：开始是文化部教材司办的，接着是中央美院办的，近年是艺术研究院办的，后者还包括培养博士生。不但学生遍天下，而且先后由她办学的三个阶段我都有接触，或参加会议，或作专题讲座，或参与论文的讨论。不是我有多高的积极性，是蒋先生的精神感动了我，她除去个人全力以赴外，还尽量为同学们创造国内外转益多师的条件，所以我应邀在香港讲学的时候，中文大学让我推荐国画名师，我首先推荐了蒋先生，她的师德也泽被了特区的学子。

在教学中，她指导学生以当代意识复兴古代重彩传统，却避免文人画带来的局限性，坚持贴近生活、走向自然、关注时代的 20 世纪传统，又避免写实观念对色彩构图的束缚，大胆吸收外国经验，又绝少照搬模仿。因此，她指导的学生作品，在表现当代人的视觉经验、内心感情上，在开发前所未有的精神意蕴上，在重彩画的艺术语言形式技巧上，在形成多姿多彩的个人风格上，都取得了丰硕的成果。从同学们的作品看，重彩画已取得了突破性的成就。其中涌现了不少优秀作品，不少深得蒋先生道器兼顾的意识，有鲜活动人的意象情趣，多数有超越工笔重彩的魄力，大胆探索，风格多样。但还不能说同样精彩——无懈可击。

结合对重彩画历史和学理的思考，总结蒋先生和诸位重彩画的成功之美，我感到有几点关乎发展创新的根本经验。一是重精神意蕴和现代视觉经验，用文化积淀深化对生活的感悟，用生活中发现的美，体现时代的感觉经验和内心触动。二是把握民族身份的本体和重彩画语言材质的本体，广取博收，不拘古今中外，对可资借鉴的中外遗产中宗教的、世俗的、民间的重彩传统，统统加以研究取舍，对水墨画、胶粉画、水彩画、水粉画，具象写实的、抽象表现的、装饰构成的，一律加以研究思考。力求在交叉学科、交叉画种中开辟重彩画的无限可能性。三是把当代重彩画的振兴看成一个不断探索的过程。在探索中保持由技进道的自觉和得心应手本领的反复锤炼。

还有三点在开放性的探索中把握本体的具体经验。一是把握"妙在似与不似之间"的意象造型，具象也好、准抽象也好，写实也好、变形也好，关键在有大胆高度的艺术加工，有情动于中的想象和幻化。二是有线的提炼，又有重彩发挥的笔彩语言，可以是勾勒设色，也可以是没骨，但不宜彻底放弃点线，不过多地追求肌理的制作，而要保持广义的用笔观念。三是把发挥重彩材质之美与同时发挥水墨之美、泼彩之美有机地结合起来，不要丢掉结晶体的宝石光彩。这些都是值得发扬的宝贵经验。

我祝贺这次师生展取得的圆满成功，也相信在大家的继续努力下，以宝贵的经验发扬成绩，完善不足。那么，已经走向辉

煌的重彩画，过几年肯定会更加灿烂辉煌，并且必将高视阔步地
走向世界。

原载《美术》2004 年第 4 期

《第二届中国人物画展——纪念蒋兆和诞辰一百周年作品集》序言

在 20 世纪中国人物画的发展演变中，蒋兆和大师是划时代的人物，他和同辈大师开启了一个中国人物画的新时代。纪念蒋兆和诞辰一百周年的《第二届中国人物画展》，集中反映了改革开放以来特别是新世纪之初人物画的新成就与新面貌，是一次具有学术内涵和审美精神的大展。

五四新文化运动以来，在科学与民主精神的洗礼下，对传统的反思与对西方绘画的吸纳，使中国人物画逐渐改变了晚清衰落不振的局面，发生了有史以来的巨大变化。反映在画什么上，是现实生活题材越来越受到重视。反映在怎么画上，是水墨写实风格日渐成为主流。

在新中国建成以后，高扬现实主义精神的水墨写实人物画，获得了长足的发展，取得了巨大的成就。题材日渐丰富，画法更趋多样，反映现实更加主动，造型能力明显提高，内心刻画更加深入，并且实现了造型与笔墨的高难度结合，丰富了中国画的语言。工笔人物画也在写实造型与传统工笔画法的结合上刷新了面貌。

"文革"后在思想上的拨乱反正，使人物画摆脱了"高大全、红光亮"的思想禁锢，恢复了优良传统，不但已不再局限于情节性的描绘，而且为满足人民群众多层次的审美需要广开门路。随着对西方艺术的更多借鉴，对古代传统的深度开掘，对改革开放当代生活的深入，中国画迎来了蓬勃发展的新时期。

新时期的中国画，在艺术上大体从三方面开拓。一是融西入中，所融合的西方因素，已不仅有写实因素，也包括了现代派和后现代派的一些因素，包括时空的跨越、形式的构成、肌理的效果。二是借古开今，力求把文人画写意传统与现代审美结合起来。三是水墨实验，在更抽象的形态中探索材料的发挥以及精神性的表现。人物画也大体如此。

21世纪初，中国美协和中国美术馆主办的这次纪念蒋兆和诞辰一百周年的第二届中国人物画展，在全国各省市中国画家的踊跃参加下，继1997年中国美协举办的首届中国人物画展之后，更加贴近生活、贴近实际、贴近群众，更加重视民族文脉，吸收国外经验也更加理性而成熟，从而反映了人物画在世纪之交和新世纪之初的主流面貌与崭新成就。

这次画展的入选作品和获奖作品，题材广泛，反映生活多样，既有欢乐的歌舞和笑声，也有深沉的思索与思考，有青年时尚的追求，也有进城打工的艰辛，交织着历史与现实，联系着记忆与想象。形式风格亦多姿多彩，开放包容，水墨写实、水墨写意、现代水墨、工笔重彩、白描、岩彩、淡彩，各种材质技法，应有尽有，不一而足。

参展的画家，包括特邀作者与应征参展作者，不仅十分严肃认真地完成了参展作品，而且为了答谢赞助单位的支持，热情圆满地完成了270余幅捐赠作品。在这些作品中，画家的创作心态更加放松，题材也更加为大众喜闻乐见，功能则较重视人物画审美作用，写意精神也更加明显。这些作品和展出作品的结合，全面地呈现了特定时期中国画的完整面貌。

编入本书捐赠作品集的特邀作者，如冯远、刘文西、刘国辉、吴山明、杜滋龄、郭全忠、马振声、朱理存、蒋彩苹、杨刚、马西光、赵华胜、石齐、蔡超、陈政明、赵志田、史国良、袁武、李爱国、毕建勋等，或是本届展览评委，或是资深著名画家，甚至是国画大家。他们捐赠的作品有50幅之多。

其中的人物画，多系画家本人的代表性题材和代表性风格。难得的是，也有著名人物画家捐赠了他们的花鸟动物画作品，如李延声、杨刚、张广。还有著名山水画家捐献了他的人物画作品，如于志学。更有著名山水花鸟画家，如李宝林、王文芳、苗重安与何水法，分别捐赠了他们的山水花鸟画作品。

应征入选作者捐赠的作品共227幅，作者来自全国各省市，年龄段从"30后"到"70后"，跨越了40载。其中既有教授、一级美术师、中国美协会员、省市美协副主席、各画院副院长等早已闻名的画家，也有副教授、二级美术师、院校与画院部门主任等实力派画家，更有近年涌现的画坛新秀。

获奖作者捐赠的作品有40余幅。金奖获得者金瑞，银奖获得者季颁、王根生、王仁华，铜奖获得者南海岩、杨凡、李蒸蒸、谭崇正、张见等，都有作品捐赠，有些是发挥了人物画专长的作品，如工笔的《古装仕女》（金瑞），水墨淡色写实的《雪中藏女》（王根生），彩墨写实近乎油画的《藏女》（南海岩）和接近实验水墨的《故乡的河》(谭崇正)。

有些获奖作者则捐赠了花鸟动物画，以展现其跨界才能。或以工笔设色画《玉兰斑鸠》(杨凡)，秀丽娴雅。或参以山水画法作小写意花鸟《荷塘双鸟》(季颁)，光影闪动，轻松自然。或以战笔暖色画枫林猛虎，题名《晚秋》(李蒸蒸)，不似春光，胜似春光。

其他获得优秀奖作者和参展作者的捐赠作品，也各有特色，不乏佳作。内容遍及古与今，历史与自然。古代题材的人物画有历史人物、戏曲人物、仕女、罗汉、达摩；现代题材的人物画有农村老汉、城市青年、知识女性、儿童、少数民族、民国仕女、机器人、人体等。也有一定数量的山水花鸟画。

捐赠作品的艺术形式，可谓多姿多彩，作者既认真继承中国绘画的优良传统，又勇于借鉴西方绘画的有益因素，无论取向是融西入中、借古开今还是实验水墨，也无论画法是写实、写意、工笔、意笔还是没骨、重彩、岩彩，都普遍地重视了文化精神的传承、现代审美的表现、绘画语言的探索和艺术个性的彰显。

在传承民族文脉方面，传神的追求、诗意的气韵、笔墨的书写性、图式的提炼性、水墨材料的渗化性、虚拟空间的利用，是许多作品自觉致力的方面。在吸收外国艺术特别是西方艺术方面，写实的造型、变形的味道、光色的表现、构成的意识、肌理的实验，甚至雕塑感的探索，都表现出开放包容的心态。

这些捐献作品尽管尺幅有限，也不见得内容都很厚重，但却不乏得心应手之作，体现出活泼的生活情趣、浓郁的文化气息、突出的民族特色、鲜明的时代色彩、各不相同的艺术个性，而且在一定程度上反映了艺术观念的变化、形式语言的丰富、画家们对人物画发展的思考与探索。

现实主义与人文关怀是蒋兆和艺术的精髓，是他留给画界的宝贵的精神财富，第二届中国人物画展展出和捐赠的作品，从不同侧面继承和发扬了蒋兆和的艺术精神，反映了新世纪之初的中国人物画在题材内容和形式风格上的开拓创新。不少优秀作品出自年轻画家之手，而他们恰是中国人物画更加繁荣兴盛的希望。

原载《第二届中国人物画展——纪念蒋兆和诞辰一百周年作品集》，人民美术出版社，2004 年 9 月

评《中国近现代名家画集——孙克纲》

在近现代画史上，孙克纲先生是做出了独特贡献的山水画家。他的山水画风格恣纵酣畅，充实而有光辉。从艺60年来，他不仅在美术编辑、美术创作上卓有建树，而且新时期之初，他在中央美术学院的讲学，他的泼墨，对培养现在活跃在第一线的中生代山水画家，产生过很大的影响。

出生在1923年的孙先生，经历了百年来中国山水画之变。这一百年间，处于西学东渐的大背景下，中国画也因晚清的徒事临摹日渐衰落。中国画的变革又与社会变革紧密地连在一起。以西方绘画为参照的积极变革者，既改变了视觉观念，又改变了文化观念，也改变了传统画法。在传统基础上的借古开今者，则从对摹古思潮的批判走向了师造化传统的回归，在师造化中开拓了山水画的题材，创造山水画的新意境，发展了山水画的笔墨语言。

孙先生是从临摹入手的，在刘子久的指导下全面掌握了传统山水画的功底。新中国成立后，他由师古人走向师造化，广泛旅行写生，观察感受真山真水，更广泛地研究古代和近代的传统，化合古人与造化，形成了在构图上、丘壑上、笔墨上、意境上不同于古人的自家风貌。他的构图，不是古人的三截两段，而是在虚实结合中更接近实景，较注意空间透视的近浓远淡，也比较充实饱满。他的丘壑特别是山石画法彻底摆脱了古人的图式，生动丰富而充满生机。他的笔墨形成了以泼墨后来还有泼彩为特点的个性化语言，尤其在泼墨技法上开了前人所无的新生面。

他的山水画从题材来看，有多种涉猎。五六十年代有画江山新貌的，如《富阳小村》《秦岭烟云》，有画革命圣地的，如60年代的《井冈晨曦》，但大多数是画祖国河山的。从画法风格

图5　孙克纲《黄山人字瀑》方壶楼藏

来看，他善于"集众长"而化为我有，形成了三种成功的面貌。第一种是枯笔干墨皴擦勾点的山水，像 1994 年的《嵩山晨曦》，讲究笔墨，不像学张仃者的素描效果，充实而灵动地表现了晨光中山水的感受。第二种是泼墨山水，大多擅于运用勾皴与泼墨、浓与淡、飞白与淹润的对比，而且把古人的泼墨发挥得淋漓酣畅。此类优秀作品极多，像 1983 年的《风起云涌》、1985 年的《青城烟雨》、1990 年的《山城细雨》、1996 年的《黄山观瀑》、1996 年的《黄山烟雨》，都是以泼墨为主，细微地表现了云雨迷茫中情景的动人之作。第三种是泼彩山水。包括两类：其一是淡墨泼彩相融的作品，像 1988 年的《龙泉图》、1996 年的《黄山春早》、1996 年的《黄山初雪》、2001 年的《岚气松风》、2004 年的《苍山观瀑》，即生动地描写了岚气的青葱和阳光的明媚，表现了前人所无的视觉感受；其二是浓墨重彩的作品，如 1987 年的《秋艳图》、1988 年的《朝阳图》、1992 年的《锦绣河山》，有传统青绿的强烈效果，却恣纵奔放，毫无图案画的装饰性，在发挥重彩的作用上比张大千的泼辣。当然，他的不少作品是综合以上两三种画法完成的，不是为画法的创新而创新，而是为了表达感受。笪重光说"从来笔墨之探奇，必系山川之写照"，孙克纲先生正是在师古人进而师造化的过程中，把泼墨与泼彩发展到空前新高度的画家。

人民美术出版社推出《中国近现代名家画集》，对于研究百年新传统、系统总结历史经验、推动国画纵深发展，都是非常好的举措。但我觉得出版孙先生的画集晚了点。不仅孙先生，还有些八十岁以上却有成就的在世或已故画家也还没有出，但中生代的画家却出得比较多。这当然受制于经济条件，不过可以想些办法，使这套书反映的绘画演进有个重点，有个来龙去脉。在编个人画集的时候，尽量反映各个时期的面貌，尤其不要遗漏重要的代表性作品，孙先生 1964 年的获奖代表作《太行十月》，不知为什么就没有编进来。

最后我祝孙先生健康长寿，再推出一批炉火纯青的精品。

发表于 2006 年 4 月 8 日孙克纲艺术生涯 60 年作品展暨
《中国近现代名家画集——孙克纲》研讨会稿

观衣雪峰君书法篆刻书后

栖霞衣雪峰，韶秀有文，好学深思，以指导其博士论文之故，近年遂有接触。自世纪之交，衣君即师从王镛先生，受教于中央美院书法教学群体，由本科而硕士，由硕士而博士。多年来，以书法主导刻印国画，重视篆隶传统，致力融合碑帖，刻苦钻研经典，扩大取法范围，而于唐篆与陶文，用力尤多，故以篆隶融汇行草，别具心得。其草书由王铎上追盛唐，力求冶颠张醉素于一炉，更拟以篆入草，上承缶庐，而不泥石鼓，别辟新境，已露端倪。观其刻印，似重古法陶熔，多方取则，务求深入，逃避放任，精究共性，实不求早脱以期大成者。览其绘画，每写山水小景，或繁密，或简淡，以书入画，以笔促形，虽非完璧，亦有可喜处。察其史论研究，难在不厌繁细，爬梳史料，不做无根之谈，以新材料论新问题。论文严谨，一如史论行家，而诗文则文采翩然。偶写诗词，情意真挚，亦无平仄不调之失。短文尤简朗畅达，清明可颂。衣君年才逾立，已成绩可观，倘本此以往，继续提高临古而出新的转换能力，探究中国文化精神与当代视觉之结合，向更广泛的相关艺术借鉴，钻研旧学，涵养新知，那么，在王门的"70后"弟子中，他之成为优秀的青年学者型书画篆刻家，我是抱有厚望的。

原载《书画世界》2015年第9期

崇山 大河 雄魂

——苗重安的山水画

二十世纪五六十年代，中国画坛上出现了两大地方画派：一是"江苏画派"，二是"长安画派"。两派均积极反映时代特征，表现地方特色，同时培养后学。如今以描写黄河而著称的山水画家苗重安，便是"长安画派"第二代中的佼佼者。他笔下的崇山、大河与雄魂，体现出"长安画派"在新时期山水画成就的一个重要方面。

"长安画派"的第一代，在以描绘黄土高原为主要题材的过程中，形成了艺术创造必须"一手伸向传统，一手伸向生活"的明确认识。正是这一认识指引了苗重安的艺术道路。早在学生时代，他在画坛前辈的影响下，就十分珍重生活感受，深情地描写黄河，发表了处女作《黄河风雨》。新时期成为专职画家之后，苗重安不但注意拓宽生活视野，而且努力向生活的深处开掘。作为山水画家，他上过冰封雪飘的大兴安岭，登过云烟变幻的黄山，到过惊心动魄的三峡，游历过明媚秀丽的漓江，还去了辽远幽静的贝加尔湖，并且把这些景色一一收入画图。然而，苗重安的情之所钟，却一直围绕着中华民族的母亲河——黄河，他对景色内蕴的开掘，也始终离不开黄河两岸景观包孕的人文精神。几十年来，他每年都要抽出相当长时间去黄河之滨，体验黄河儿女搏击风浪的生活，追思中华民族奔腾前进的历史，更感受千百年来国人心目中黄河景观的浩气、伟力与雄魂，从而在自然与人文的统一中，在历史感与现代性的连接上，创造了雄伟壮阔又生机勃发的宏大意境，讴歌了深沉、雄大而高亢奋起的民族精神。《壶口飞瀑》《轩辕柏》和《黄河源流》等集中显现了这种努力。近年来他又在丝路古道、西部高原上进行新的探索和创作。如果说，苗重安对生活善于广中探索，思接古今，那么，对于传统他则善于承中求变，融会贯通。可以看到，从艺术的文化取向到基本功练习，苗重安都综合了两种传统，一种是融合中西的写实传统及对景的写生能力，另一种是借古开今的造境传统及笔墨临摹能力，前者得法于他攻读西安美院时罗铭的指引，后者得益于他在上海画院进修时贺天健的诱导。不过，在两种传统的结合中，苗重安十分注意以新的眼光斟酌取舍和通权达变。他运用融合中

图6 苗重安《碧水静湖绕古刹》方壶楼藏

西的写实画法，重在景象的生动和具体及体量感的呈现，却不以焦点透视局限视野的开阔。他继承借古开今的传统、讲求笔墨语言的概括性与形式美，但能取法乎上，不受"南北宗论"的束缚，直承以笔墨服从大山大水真境描写的五代北宋良规。因此，仍在发展完美的苗重安山水画已形成了自家风貌。一般而言，取象皆崇山大水，茂密繁盛。构图多饱满充实，上不留天，下不留地，但非传统的"三截二段"，而是更符合现代视觉的"三远"的结合。笔墨严谨不苟，画山能以适合北方山石地貌的雨点皴、刮铁皴、小斧劈皴为主，融合多种皴法点法，使之既便于状物，又有一定的个性特点。画树既丰富点叶法，还形成了以显现成片树叶凸凹层次的勾叶法。设色则水墨与重色结合，从而创造了充实、雄阔、雍容大度的意境。不能说苗重安的艺术已尽善尽美，在神思的驰骋、虚实的结合方面，都还有发展的余地，然而他取得的成就已足令人钦佩了。

原载《中国艺术报》2007 年 6 月 8 日

谈《丹青映艳——田世光花鸟画精品回顾展》

    我和田世光先生没有过近距离接触，但很喜欢他的作品，鸟语花香，雅丽清新，非常美。不是以形式新奇吸引人，也不靠降低标准讨好观者，更不过分地拉开与传统的距离，而是综合传统，循古出新，表达花鸟世界的生机，注入和谐丰富的情韵，给人以美的享受。我在吉林省博物馆时，还临过他的《海棠白鹦鹉》，双瓣海棠，千花万朵，白鹦鹉白中透黄，灿烂温馨，美得能够醉人，可惜摹本已经给了别人。

    田先生的建树，主要在工笔设色花鸟画方面。不但有画在熟纸上的工笔花鸟，还有画在生纸上的工笔花鸟，后者特别突出。清代以来，工笔花鸟大多走的是常州派没骨一路，学恽寿平的传派，浅淡、平板，象征的选材代替了寓兴，题诗代替了诗情画意，失去了生气。少数学郎世宁，中西合璧。田先生的工笔画，吸收了小写和没骨，工而不板，细而不腻，形态丰富生动，宁静而有动态，有光有色。

    不靠花鸟世界之外的附加物，却反映了时代审美特色。他的工笔花鸟画比较纯粹，没有画那些人类生活的篱笆、农具、电线、花盆，仍然只画花鸟，也没有简单地采用写实的画法，画特定光源下的情景，但精神体貌是20世纪的。20世纪以来，工笔花鸟画有三个方面的划时代变化：一是密切了与平民百姓的关系，不再画想象中的仙花瑶草，不再画文人书斋和园林的点缀，而是画百姓喜闻乐见的寻常花鸟；二是画家普遍取法宋元，特别是那种体察品味花鸟的精心；三是用写生和默记，直接师造化，提高了造型能力，精微地表现物理、物情、物态，也注入了新鲜的感受。

20世纪的花鸟画，影响最大的有两家。一家是于非闇，他是田世光的老师。于非闇复兴了宋代院画传统，强化线条骨法，用色求浓丽单纯，作品富丽堂皇而生机勃勃。一家是陈之佛，继承了元人工笔设色传统，疏淡精匀，用笔用色都不求浓丽，而是以丰富的色彩、较多的水分，营造清丽而抒情的意境。张大千原来和于非闇一样，都是先学陈老莲，进而上追宋人。不过大千后来画山水多，也画人物，不专一画花鸟，画工笔花鸟，突出的是荷花，有些花鸟是小写意。

田世光最早学赵孟朱，画没骨，但赵孟朱的没骨，不少是画在生纸上的，有一定厚度，不单薄，不同于恽寿平一派。后来田先生又学于非闇，进而学宋人。特别在古物陈列所，既受教于导师黄宾虹和于非闇——两人都对传统画有精深研究，又临习了大量古代经典，切实地掌握了宋代传统和院画传统。所以我猜想，田世光在古物陈列所的学习，既通过原作深入地掌握了多种古法，又深刻地理解了中国画传统的诗意与格调。他的花鸟画，和老师于非闇比，把学习宋徽宗扩大为学习南北宋和明代的院体，包括唐寅的斧劈皴石头。他的画有一个突出特点是很少题诗却有诗意，走出了靠题诗发挥诗意的文人画的老路。

在师造化方面，因为他家几代都住在郊区的柳浪庄，那时还没有城市化，和自然很贴近，整天生活在鸟语花香之中，花鸟成了他生活的一部分。不是为画画才去公园收集题材，所以他体会花鸟世界的情趣和生机就更为贴切生动，更有诗情画意。总起来讲，它的工笔花鸟画不仅真实生动，而且有更强的抒情性，不是抒喜怒哀乐之情，而是表现一种灿烂的、丰富的、生机无限的与和谐自由的审美境界。虽然是雅俗共赏的，但偏于雅。以于非闇为体，一定程度上包容了陈之佛的抒情性。

恢复了与环境的联系，表现了一定的空间感。中国花鸟画经过千百年的发展，积累了一些图式。一种是折枝，画悬空的折枝，所谓"赏心只有两三枝"，但注意力一旦被折枝局限，就单摆浮搁，失去了与环境的联系。田世光在一定程度上改造了折枝图式，或隐或显地恢复折枝与环境的联系，或者折枝与石头相结合，或者点簇丛草苔藓，或者渲染折枝外的空间，这样就使孤立的折枝回到环境中去。古人的另一种图式是丛聚，画地面上的成丛花草。田世光也有所改造，他把花鸟与山水相结合，画出山石泉流，这和同时代的大写意花鸟画家潘天寿、小写意画家郭味蕖的花鸟与山水相结合，可谓异曲同工。

他还把古代的三四种画法有机地融合起来，用得很活、很自然。传统的工笔设色花鸟，一种是勾勒设色的；第二种是白描水墨的，都强调笔法用线，北宋崔白以水墨为主，但用笔用墨很灵活，所谓"体制清澹，作用疏通"；第三种是以彩色图之的没骨，把笔法线条隐没。田世光的花是勾勒设色为主的，因此比实际的花卉提炼，有笔法的美妙，这点继承了于非闇。但他画花画叶的色彩变化，要比于非闇更丰富，有更多的浓淡和冷暖的变化，还有水色与石色的相互生发。他也吸收了崔白画法，画得灵活不拘。时而局部也用没骨，可能来自赵孟頫，但更讲求色彩过渡中的变化。甚至在一张画中，主体用勾勒设色，辅助的部分用没骨，石头则用唐寅式的水墨小写意，把古代的三四种画法有机地融合起来，用得很活，很自然。但是他画的鸟，完全是黄筌一派的画法，突出的是形体情态和色泽的微妙变化，而不突出用笔。花和鸟在画法上的对比，造成了相得益彰的特点。他的艺术实现了工笔为主的写实性、装饰性与写意性的结合，在于非闇、陈之佛以外，形成了自己的风格。

传统的花鸟画，都画近距离的花和鸟，在构图上讲究平面布局，往往忽略了空间的表现。而田世光的花鸟画，还有一个重要特点，就是善于在平面布局中适当丰富空间层次。他非常善于画成丛的叶子，生动地处理复杂前后关系的穿插交叠，避免了符号化和平板化。他画松叶也是成片画，不是一个扇面一个扇面地画，一个车轮一个车轮地画，因此有整体的层次，有前后空间，有蓊郁的感觉。他对西法的吸收非常谨慎，务求消化，纳入中国体系，所以一点儿也不生硬。造型的准确多变只是一个方面，色彩的冷暖补色关系用得很高明，故此雅而艳，实而清，尤其值得推崇。

在20世纪北方花鸟画派中，他是于非闇之后，精于工笔画传统，善于综合传统，又开拓出自己一片天地而保持了传统风韵的画家。他的花鸟画明丽清新，情趣盎然，留住了春光，留住了蓬勃的生机、活泼的生命。他的小写意开辟出更接近工笔的路子，他的生纸上的工笔画是独特的创造。在中西交流的背景下，田世光给我们的重要启示不是向传统之外跨界，而是对内综合传统的优势以古出新，对外则是在纯化传统、活用传统中实现高质量的突破。

原载于《中国书画》2012年第6期，系北京画院《丹青映艳——田世光花鸟画精品回顾展》研讨会发言

贵于创造出新奇

——观郭泰来的艳彩山水

　　看郭泰来先生的中国山水画，就像坐在暖洋洋的躺椅上，沐浴着大地洒满的阳光，一会儿看变幻莫测的万花筒，一会儿看成熟坠落的瓜果，万花筒中千变万化的棱形开始与悬浮或下落的浑圆体交叠，组合成一个个瑰丽的神话世界。在那个世界中，既有种种几何形体的奇光异彩，又有人世所无的绮丽风光，有山有水有云有果树般的植被，有路有桥有房舍有寺塔有闲适的古人，奇思异构，单纯简洁，山水树石在无尽的空间中延展，精神遐想在失重的空气中飞翔。

　　这些简练而明快的山水画，像李可染提倡的那样，"不与照相机争功"，像齐白石强调的一样，"逢人耻听说荆关"，不是忠实于对象的如实写生，也有别于挪移古人的笔墨丘壑。那独特的意象，像农民画家心中流光溢彩的自然，像儿童眼里瑰丽多彩的想象。画家似乎无意画改天换地的豪情，也不想画历史遗存的感怀，更没有打算让山水画承担认识自然与历史或者教化众生的任务。似乎在他看来，画山水是"神与物游"，是精神自由的实现，是悦目而赏心的乐事，是打造视觉与精神的安乐椅。

郭泰来的山水画，有两个突出的艺术特点。一个是明丽夺目的色彩，这色彩对应着快乐的情绪。有点像马蒂斯，像野兽派，不像过于优雅的水墨山水，也与青绿山水的装饰理念不同。他画中的色彩比传统的中国画明快而丰富，有单纯的原色，有合成的间色，有补色对比，也有冷暖对比。原色被墨线框住，色相更加鲜明；间色与复色或偏冷或偏暖，在跳跃间隔中损益其冷暖程度，又始终处于大的补色关系之中，因而取得了强烈对比因素的丰富变化与整体的和谐，表现了精神的灿烂、心底的欢悦。

图7　郭泰来《艳彩山水》方壶楼藏

另一个特点是符号化的图式，简赅的图式编织着童话般的梦想。而图式的提炼方法，妙在似与不似之间，既比较抽象，又有具象的因素，显然与中国古老的传统脐带相连。无论山石，也无论树木，无论"石分三面"，还是卵圆"矾头"，无论点叶，还是夹叶，都呼应着文人画正统派，但又近乎青绿山水的"空勾无皴"。然而，空间和丘壑的表现又异于传统，空间的处理，是古老的"三远"与近代焦点透视的结合；丘壑的塑造，又是立体主义的凹凸结构与传统平面构置之程式符号的互动。

明眼人已经看到：在郭泰来的绘画里，有塞尚、有马蒂斯、有米罗乃至亨利·摩尔，有他们艺术观念的片段，有他们形体、光色乃至符号的因素。同时也有董源、范宽、黄公望、董其昌和王原祁，有他们创造意境以超越现实的理念，有他们提炼自然构造图式的程式化与符号化的手法，因而也有西方现代艺术少有的文化积淀。然而，这一切都已经在双向解构的基础上重组了，都化为了郭泰来山水画的有机构成部分。

艺术不仅有时代性，而且有恒常性，不但有文化价值的民族性，而且有艺术审美的跨文化性。远在上世纪 20 年代之初，陈师曾就看到中国文人画与西方现代绘画一样地"不重客体专任主观"。但是，在文人画被反复批判的岁月中，尽管有人尝试中国山水画笔墨与西方写实观念的结合，但较少扩大到西方现代艺术领域。而郭泰来的山水画正是一种跨文化的积极探索，是一种中西艺术互动互补的有益尝试。不过，在他的山水画中，中与西并不是等量的，大框架是中国的，局部与细节既有中也有西，就好比在四合院的格局中，房间的建造与装修已经现代化了。

郭泰来写过一首诗，其中一句是"贵于创造出新奇"。他出新奇的山水画，以独特的方式重组中西的山水图式，丰富了中国山水画的色彩，刷新了中国山水画的视觉感受。有人称之为重彩山水，但一讲重彩，就容易想到青绿山水、金碧山水，而他的山水比传统的青绿山水、金碧山水明艳得多，所以我叫他艳彩山水。他的艳彩山水，布局基本是传统的，造型手法也较多联系着传统的欣赏习惯，比如多数以空白交代天空，上面还有书法极佳的题款，但更有着较强的现代气息，表现了新鲜的视觉经验。

传统的水墨山水，基本上是点线结构，甚至是点线节奏形成的"交响"。而郭泰来的艳彩山水，相对削弱了点线的独立表现力，无例外地以墨线轮廓中五光十色的几何图形为主体。作品中色彩并置的平面性很强，似乎已与书写性无关，已无意去强调笔势的过程性。但由于他书法功力深厚，致使画中那些简练而肯定的线条，尽管已相当简化，甚至有意"涂抹诗书似老鸦"，却依然显露出中锋落纸的力度，有着颜真卿行书笔法的大气磅礴，这也是取法中国书法的西方艺术大师无法企及而只能望洋兴叹的。

　　郭泰来是位很有天分的画家，笔线的感觉与色彩的感觉都极好。他的艳彩山水画起步时间不长，色彩的构成也没有像蒙德里安那样费尽心机，就已经形成了新奇动人的鲜明面目，给观者以赏心悦目的强烈感受。尽管他这种山水画不能说已经很成熟，还有着丰富完善以至于多方发展的开阔空间，然而却做到了儿童画一样的真诚、简洁、明快。我们爱儿童画，不是因为它完美，而是葆有赤子之心，没有阴郁、没有机巧、没有种种后天的遮蔽，却有着对色线形的超强敏感，有着天性的自由无碍，还有着心底的一片阳光。对于郭泰来的艳彩山水画，我亦作如是观。

原载《郭泰来全集》1（山水卷），
荣宝斋出版社，2013 年 6 月

孙克书法展前言

当代画坛，评家多妙于著文，孙克先生则兼善书法。其为文也，风发泉涌，清明晓畅，弘扬传统，不遗余力，近年力倡笔墨，推动写意精神，功莫大焉。其挥翰也，雄健遒厚，功夫老到，不求新奇趋时，而多文化底蕴。每即兴题画，会通"八法""六法"，沉着痛快，意兴遄飞，其书名亦不胫而走。

克兄学书，起步幼年，初从唐碑入手，转而师法北碑，尤醉心于《郑文公》，朝斯夕斯，倏忽廿载，渐形似而神生，得心

图8　孙克书《后迟鸿轩》方壶楼藏

而应手。新时期伊始，更转临《书谱》草法，兼习襄阳行书，渐以郑碑为体，以虞礼、元章为用，化古为我，又已廿载，故积学功深，技进乎道。

其结字雍容严谨，用笔沉厚道雅，寓圆于方，寓放于敛，每于规矩中见豪情，在儒雅中见气岸。不趋时，不作态，尚内美，无习气。虽非尽善尽美，而有阳刚中和之气充乎其间，宜乎有识者早加青眼，湖北知音今又办展于美院也。余尝曰，世有书法未佳以书法名者，亦有无心以书法名世而书法佳妙者，孙克岂非后者欤！

原载《新华日报》2011 年 10 月 22 日

（题目为《雍容严谨 沉厚道雄——孙克书法欣赏》）

寓目难忘的艺术

——看尚涛的大写意花鸟

当前的中国画，精致的多，简约的少。花鸟画中，工笔的、小写的、白描的，都比较多，唯独大写意少。画大写意难，难在笔墨的功力，难在程式的提炼，更难在表现的精神。写意，从根本上说，是一种民族文化精神，是一种艺术思维方式，是一种交流感情品味的高级语言，又像书法一样，是写出来的。现在，写意的呼声很高，国家画院院长杨晓阳提倡"大写意"，中国美院院长许江提倡"意之大者"。说明人们对中国画的要求，已不满足于描述记载，而是要强化它的精神品质。尚涛先生的大写意花鸟，独树一帜，这个时候在中国美术馆展出，适逢其时，必定产生广泛的影响。

尚涛的大写意花鸟虫鱼，非常抓人，又耐人玩味。不轻飘，不讨好，不是画小情小趣，而是大笔大墨，大花大鸟，精雄大气，浑然整体。有人说特点是"重拙浑朴"，我看还有一种"凝结的张力"，这种"力之美"，不是一般的"天骨开张"，而是蕴蓄着万钧雷霆。他不画朝花夕拾，四季流转，画一种永恒的生机，有"气结殷周雪"的古意，有"雨后江山铁铸成"一样的造意。从作品分析，他直接的老师有李苦禅、李可染，间接的来源有八大山人、吴昌硕、潘天寿。他的画，深厚像李可染，浑朴像李苦禅，古厚像吴昌硕，奇崛像潘天寿，简约像八大山人。但比前辈画家，多了古代民间艺术的因素，有中国的，也有外国的，还多了平面构成，于是多了寓目难忘的形式感。

他的大写意花鸟画，不画写实的造型，而画心中的意象，画所谓"大象"。他的"大象"，极概括，极洗练，有夸张，有变形，不是标榜，不是招牌，而是为了"尽意"，表达独特的感受，寄托独有的品味，所谓"立象以尽意"。由于理念独特，趣味超拔，所以意象独到，结构不凡。尚涛先生的画，有非常简练的画题，两字到四字，两字的为多，或"坐画"，或"雍容"，或"蕴奥"，或"九皋"，或"尊者"。简约的画题，有诗意，有联想，甚至有典故。题画书法在篆隶之间，属于碑学书法，来自风化的碑刻、古老的拓片。篆隶的方圆关系，拓片的沧桑感和风化感，都被他吸收到画里来。可以说，他是在画文化、画修养。

他的大写意花鸟画之所以大气，有冲击力，甚至震撼力，从形式上看，一是把古人以线为主，发展成以大块墨色为主。仍然有线条，但尽可能减少，而且粗犷雄健。二是突出了大的几何形态，减少了用墨的层次，强化了方圆浓淡干湿的对比。尚涛是学院毕业的，20世纪的美术学院，在艺术观念上，西化是主流。好的老传统，是时断时续的支流。对花鸟画造型和笔墨的理解，在很大程度上西化了。但尚涛是少数从学院里跳出来的中国画家，继承发扬了几乎断裂的民族传统，又融入了新时代的视觉经验，善于继承，勇于创造，吸收新机，追溯篆隶，旁参原始艺术、以古为新，形成了自己独树一帜的精神体貌，这是非常难能可贵的。

有没有什么建议呢？有一点，那就是他的画理性多了点，紧张了一点，随着年龄的增长，是否可以略略放松一点，给人一种"无心自达"的感觉呢？

原载《中国艺术报》2011 年 1 月 5 日

情系华夏　画贯东西

——书邓惠伯画后

身在东瀛梦在华，缤纷墨彩醉流霞。

东方既白精神灿，一水盈盈散雨花。

中日是一衣带水的邻邦，旅居京都的邓惠伯学兄则是八九十年代以来热心于日本文化交流的民间使者，更是一位学者型画家。我们有幸结识是因为 70 年代末攻读研究生而同学于北京的中央美术学院。我追随张安治教授研究中国书画，他成为中国的东方艺术泰斗常任侠教授的入室弟子，潜心于东方美术特别是日本美术的钻研。

那时，他正当风华正茂的盛年，在同学中因博学多才而矫然突出。他不但因早年就学于西南师大艺术系而筑基深广，水墨画、水粉画、油画、版画、书法和篆刻无所不通，而且由于青年时代担任报刊编辑的博闻强记，造就了多种的语言文学才能，擅长俄语、英语和日语，亦长于小说创作，时有作品发表。更为难能可贵的是，惠伯在"文革"中放逐乡村之际，又无师自通地学会了针灸和中医，以济世的心肠救死扶伤，广结善缘。

也许，由于研究生学业的紧张，他没有更多的时间作画，但偶然落笔，便因基本功的扎实、修养阅历的深厚，表现出创造性的才华。稍后，他在常任侠教授的支持下，东渡研修，深入研习日本的传统文化，广泛交纳东洋的友人，月下老人也就乘机在他的身上赓续了常任侠先生与日本的姻缘。在其后的日子里，惠伯始而执教于北京，继之以画家兼学者的身份旅居日本。在日本，他一方面组织水墨画会，推动东方艺术传统的弘扬与现代化；另一方面则不时去东南亚各国考察艺术，深究东方艺术精神，每年还挤出时间归国在中央美术学院主讲东方美术史，成为中日盈盈一水间的文化桥梁。他的绘画也在更加富于时代气息和东方精神的基础上阔步前进，进入了创作的旺盛期。

遍观惠伯的近作，我觉得他因选择了以中为主融合东方而沟通东西的道路故成绩显著。20世纪以来，西学的东渐随船坚炮利，改变了东方艺术发展的取向，东方绘画开始在有识之士的融西兴东与借古开今中走向现代。在走向现代的历程中，优秀的画家一般均善于化西而不是西化，均善于融西之长而补己之短，浅学的画

图9 邓惠伯《晚凉客至》方壶楼藏

家则不免慕西轻东而皮毛袭取终至于邯郸学步。惠伯则以学养有素的传统中国水墨画为主，融合日本艺术的和谐优美和东方诸国艺术的神妙，更以开放的胸襟和现代人的眼光进行精神的开拓和语言的探索，因而面貌多般、情韵丰富，善于集众美以为我用。

他的画，博采众法而不立一法，源于传统又面向现代，洞察世事又不失赤子之心，讲求画外意又重视视觉性，惨淡经营又随机触发。尤善于在再现与表现之间着力，在具象与抽象之间沟通，在写实与浪漫之间开拓，更敏于在自然与生活中汲取源头活水。你看，他无论画梦想中的巴山蜀水或华夏风光，画现实风情绰约的樱花怒放与满目生机，还是画东方各民族天人合一的生活风情，都能够从切身感受出发，升华画境而选择画法，或含蓄而朦胧，或绚丽而灿烂，或浓烈如繁花耀眼，或清雅似出水芙蓉。他更能按构筑感人意象和丰富艺术语言的需要向东方传统攫取。中国宋元山水的骨法神韵、明清笔墨的灵变不拘和近现代造型形神兼备，成为惠伯艺术语言的魂魄；日本大和绘的古雅、狩野派的壮丽和浮世绘的谐俗，增加了惠伯艺术的风情；而西方印象派的瞬间印象、野兽派的浓丽悦目和表现派的笔触情绪，更丰富了惠伯艺术的词采。然而这一切努力从根本上无不是为了突显东方艺术重意境、重和谐、重内美的精神，并赋予了适合当代视觉的形式。因此，他的艺术是东方的又是现代的，既可以为东方人民所喜闻乐见，又完全可以为西方公众所欣赏。

不能说邓惠伯学兄的绘画艺术已经炉火纯青，也许在致广大中还可以更尽精微，在广取多种画法上还可以强化艺术语言的个性。但是作为一个以研究东方艺术史为专长的学者，他的绘画创作有着一般画家少有的史识和对传统艺术走向现代化的睿智。

这是他得天独厚的优势，在贴近生活自然中发挥这一优势，一定能取得令人瞩目之大成。我对此寄予厚望。

原载《东经艺术》2011 年 4 月

焦墨 写意 家园

——穆家善中国画观感

看穆家善的山水画，就会想到传统，想到传统的活力，想到传统的生长点。

近百年来，中国画的传统有二：一谓引西入中，二谓借古开今。前者无论中体西用，还是西体中用，都在积极学习西方，却没有完全隔断传统，只是重视科学意识，改变视觉观念，也改造了语言方式，在世纪的变革中渐成主流。后者则拉开中西距离，稳步与时俱进，不是决然不吸纳西画因素，而是注重可以兼容的一面，更关注艺术的人文价值，大都中体西用，坚持民族文化精神，传承民族艺术思维方式，发展笔墨语言的特色，虽时有升沉，但在近三十年来，更加引人瞩目。穆家善就是"60后"年龄段中发扬借古开今传统最终在焦墨山水领域卓然自立的佼佼者。

他是上世纪90年代中叶旅居美国的，出国之前，就读于南京艺术学院。接受的教育，既有写实观念主导的西画素描速写传统，也有被齐白石等近代大家平民化了的借古开今传统。不过后者是主导的，以至他的速写，也注入了气贯神流的笔意。他早期的中国画创作，属于新文人画。新文人画既是对西潮袭来的因应，也是对创作意识政治化的反驳，更是传统文人画的新变。穆家善的新文人画，无论人物还是山水，一开始就都致力于诗情与笔趣，意兴闲适，笔姿轻松，墨韵淡荡。攻读研究生阶段，他开始由借鉴近人转入追踪古人，风格渐渐变灵动为苍茫，寓轻松于沉厚，论者称之为新水墨。

旅居美国初期，他延续着新水墨的探索，开始更多画心中的山水。接着，他一方面更直接地了解西方的现代、后现代艺术，思索中西艺术之异，研究人类共同的视觉美感，包括构成与色彩对视觉的强化。另一方面则把乡情升华为一种救赎城市躁动灵魂的山水精神，借径石涛的昂藏、徐渭的恣肆、龚贤的浑厚、齐白石的简拙，画"神游千载，视通万里"的山水，注入儒道释合一的精神，发挥"一画之理"的整体性与书写性，创造了一种不同于传统文人画与新文人画的穿越历史时空的山水：宁静而朴茂，凝重而苍茫，简约而浑厚。在美国的多元化中，传播了中华文化。

新世纪以来，据友人张子宁著文评说，穆家善可谓两条腿走路。一是更深入地领会传统的精华，从题画看，他对于石涛、董其昌、王原祁、黄宾虹的画论都能心领神会，得其要妙。二是更进一步师法造化，到美国的大峡谷、黄石公园、优胜美地，中国的黄山、齐云山写生。创作则以中国的艺术精神，实地的观察感受，熔铸古今，旁参西画，水墨淋漓、墨色交辉、磅礴活脱。近年，他更化繁为简，推出了苍茫浑厚一片化机的焦墨山水。此前，他固然极重用笔，但一律发挥"水晕墨章"，此时则自觉地以焦墨代水墨，正如他题画中所说："变法水墨，焦墨可开蹊径。"于是，他的独具个性的艺术从此臻于大成。

焦墨山水难度极大，减少了用水，行笔就滞涩，易于刻板，难于气韵流动，但却为发挥用笔提出了更高的要求，也为颇得书法运行妙谛的穆家善开辟了新的空间。我曾经指出："了解'墨分五色'者都知道，'焦浓重淡清'的墨色之别，无不有赖于墨中含水量的多寡。只用含水量极少的焦墨作画，一方面对用墨提出了更精微的要求，以干求湿，将浓作淡，用笔代墨，化繁为简，艺术语言无疑更加纯净了。另一方面，对墨法的弱化，又势必为解放笔法开辟了新径。仍然大体服从'应物象形'的用笔却因不刻意表现空间层次的纵深与光影的明灭，实际上也在一定程度上从西法写实风格中超拔出来，为能够相对独立地形成有助于表达心情意绪的笔法律动而去'精骛八极，心游万仞'。"

　　在古代，众所周知的焦墨山水名家，是新安派的程邃，但他那干裂秋风的焦墨，画的是地老天荒的遗民感情。而且在"笔中用墨"，受到一定局限。近代发展焦墨的大家，除去90岁的黄宾虹之外，就是晚年的张仃。黄宾虹的焦墨山水，小幅为多，筚路蓝缕，未能全力以赴，克尽其才。张仃的焦墨山水，一定程度上受到写实观念的束缚，描绘对象精微有余，写心抒情畅达不足。穆家善的焦墨山水，既不同于程邃、黄宾虹，也有别于张仃。比起程邃来，他的意境化枯寂为苍茫。比起黄宾虹来，他的境界更大，笔墨形态也更丰富。比起张仃来，他的丘壑位置都经过了内心感情的熔铸，删拨大要，留其精粹，气脉贯穿，情韵流动。如果说，张仃的焦墨山水是趋于写实的，那么穆家善的则是写意的。

　　穆家善的焦墨山水，多画高山大壑，跌宕起伏，山奔云走，浩渺苍茫，时而也有梯田的旋律、雁阵的节拍。他画的不是眼前的风光，而是雄奇而苍茫的胸中丘壑，是一腔浩瀚蓬勃的阳刚之气。从意境境界而言，他自称林泉高致，但不是古人幽寂枯老、萧条淡泊的情致，而是万象森罗中的浩然正气，是一种无言的大美。从画法而论，他彻底摒弃了色彩，代之以极尽变化的渴笔焦墨，以笔法主导，在笔法中实现墨法，既有大笔勾勒的恣纵畅达，又有小笔皴斫的精到细微，还有焦墨渴染干擦的浑茫与含蓄，而且他充分发挥了黑与白、大笔触与小笔触、笔法线条与凹凸块面的对比，这一切又都化入一气呵成的笔势中。他在题画中曾经强调"构成"，并指出"现代社会东西方艺术兼而并重之，乃立新法之道也"，道破了他在焦墨山水中也不回避吸收西法以为我用的明智。

经过四十年的实践与思考，穆家善终于在焦墨山水中"立定脚跟，决出生活"，把焦墨山水在建造游子的精神家园中推向了更高的境地，这既离不开他弘扬传统文化精神的自觉，也离不开他在画内外从容修炼的心态。尽管他的焦墨山水刚刚确立，还大有丰富完善的余地，但至少提供我们两点启示。一是中国画传统的生命力远远没有穷尽，而中国艺术的写意精神，是具有普世意义的宝贵精神财富，在工业化、信息化社会中尤其值得重视。二是传统需要发展也必然发展，对于借古开今的画家而言，深入领会中华民族的哲思文化、诗意文化和书法文化自然是基础，而把握自由浪漫而整体的思维方式，结合当代视觉经验，以中国画语言为体，借鉴西法以丰富中国画语汇，还可以开拓出各种新的发展空间。

原载《苍茫画境——穆家善焦墨画集》，

人民美术出版社，2011 年 5 月

山水与禅悦

——王赫赫及其罗汉系列

　　王赫赫生在长春——我工作过的地方，毕业于中央美术学院中国画系。他自从攻读博士学位，就不时来家小坐，虽然不由我指导，却总是带些作品，认真听取意见。他为人朴讷温厚，治学刻苦扎实，在"70后"的同学当中，发展比较全面，既具备良好的写实基本功，又能够致力于诗书画印为一体，领悟文人画的传统。其中国传统的功底、书法刻印的造诣，可以说在不少同龄画家之上。

　　他创作的中国画，大略人物为主，也画山水。画的路子很宽，手法多样，既有水墨写实的，也有传统写意的，还能吸收木刻之美，包容西方现代主义因素。他描绘现实生活的作品，讲求立意，注重感受。其中的乡村小品，写实中略有夸张，融入独特意趣，富于生活情味。表现古代题材的作品，则崇尚写意之妙，追求古意之美。笔墨醇厚，意境悠远。

　　他平素坚持写生，同样高度重视临摹。近年，他在创作现实题材人物画之余，画起了罗汉系列。他的罗汉，主要取法晚明

图10 王赫赫《白眉罗汉》方壶楼藏

的陈老莲、丁云鹏和吴彬，也上溯五代的贯休、宋代的刘松年，对敦煌壁画与白画，似乎也有参酌。画中的罗汉，均巡行或静坐于山水间，千姿百态，骨相清奇，气格高古。山水衬景，则参酌宋元明清大家的笔墨丘壑，高洁静穆，气韵生动。

罗汉是佛陀的得道弟子，已经解脱死生，证入涅槃，进入最高果位。赫赫所画的罗汉，都带着中国文人的气质，出入于历代大家笔下的名山胜水之间，体现禅悦的物我两忘。据说，这一系列的作品创作于他父亲去世之后，不难想象，他正是通过与融于古人笔下自然的罗汉对话，表现某种对天人关系的追问或开悟。这或许便是其罗汉系列的文心与禅境的画外意吧。

原载《王赫赫画罗汉集》，天津人民美术出版社，2012年5月

乡情 传统 新变

——看洪大亮的皖南山水画

最近读钱穆《湖上沉思录》，其中《人文与自然》《乡村与城市》和《紧张与松弛》，均讲精神生活。意谓自然、乡村和松弛，是根脉，是源头。人类从乡村进入城市，心态由松弛变为紧张，渴求人文而疏远自然，远离了根，远离了源。于是，不禁想起洪大亮，想起他回归自然的山水画。

认识大亮两三年了，他来自安徽歙县，是所谓"60后"画家，主攻中国书画，特别是花鸟山水。先是在湖北学习，后来到南京工作，同时问学于金陵画家，逐渐集中于山水。新世纪以来，他更到北京深造，始而在荣宝斋画院研修，接着在那里任教。但他每年都回老家，去感受、去追忆、去写生。回来常到我家，背着不少作品，诚恳地听取意见。

我总是评头品足，在成绩中找不足，在进步中找缺点，这是因为喜欢他的艺术，喜欢那与众不同的动人之处。他的山水画，大多画皖南的自然山水与农村风光：远山、溪水、石桥、农舍、梯田、院落、草丛、曲径，真是"结庐在人境，而无车马喧"，有生活气息，而无噪声污染；有乡情，更有远志；有简朴乐天，而无蝇营狗苟。那种人与自然的和谐、内心的逍遥与淡定，在画坛浮嚣气充斥城市、水泥森林压顶的今天，有如清风朗月，引人回归自然。

他的山水画，清润、散朗、随意，有天光云影的清丽灵动，有薄雾微风的和悦抒情，论者喻为"山水清音"，意谓无声而有声，不是悦耳宁神的丝竹，而是感受天籁的心声。此一心声的发露，在于既得江山之助，又将古法融汇。古人论画，每以笔墨丘壑析之，大亮之丘壑新而富，写山居、画农家、尽情致、多野趣，有原生态之美，无工业化之弊。大亮之笔墨散而活，笔求简，墨求淡，而意求浓。其用笔之遒简蕴藉，用墨之清丽淡荡，不独得用水渍墨之妙，亦颇得筑基金石书法之诣与发挥文房四宝之功也。

据知，大亮幼得乡贤指教，初攻书法篆刻，由碑而帖，进法二王，由汉印而晚近，尤喜来楚生。继攻写意花鸟，颇得青藤缶庐之气。亦作水墨山水，由渐江而吴历而沈周而半千，用古法写自然，以笔法统墨趣，颇富传统功力。从师徐培晨后，得其指点建议，转而专攻山水，立足精研传统，扎根持续写生，以皖南家乡情结，追溯新安派渐江至虹庐脉络，借景抒情，诗意成境，再融汇金陵派龚贤墨法，丰富以石田、墨井笔法，求笔之沉稳苍厚与水墨之清新润泽合一，借鉴亚明之独抒所感，升华笔墨，开掘心源，传统之文心遂与当代野趣结合。古意今情，颇堪玩味。

系统观赏其山水作品，约分三类。一类为皖南现场写境之作，多为小幅，虽云对景写生，其实亦有剪裁挪移，尽管无意求工，而散落中见生趣，虽未必一一尽善尽美，但可见与家乡大自然对话的真情。另一类为创作，多为大幅长卷，均以写生印象为基础，变异重组，构筑理想的精神家园，灵山秀水，茂林修竹，徽派民居，宁静清新，可游可望尤为可居，堪称造境。此类作品，由情生境，安排亦有匠心，笔墨变幻，求阴阳晦明之感，虚实渗透，求大虚实中小虚实之微，真可谓一片江南，饶于生韵。另有个别作品，可称幻境，减少具象性，增加抽象性，笔墨相成，有无相生，亦属有益探索。

大亮之皖南乡情山水，或曰新徽派山水，接续传统精神，探讨风格新变，已渐渐自成一家，个性日强而不乏当代气息。比之古代新安派，有其静谧而无其荒寂；比之宾虹老人，山川于浑厚中更求清雅，草木在华滋中更求逸韵。比之融合中西一派，有其直面自然讴歌生活的新机，而能摆脱焦点透视的束缚，自由处理空间，求灵活散落，处处醒透，处处生活。其传统出新，可谓成绩斐然。虽然如此，今后倘能"不立一法"中强化个人的语汇，像讲求短皴一样精求点法，使画中多角度的徽派建筑彻底摆脱西法透视影响，在散落随意中牢记笪重光所述"统于一而缔构不纷"，以近年耳渲目染之北派山水的整体与意匠丰富自己，更求臻于完美，其识见与潜力的发挥必更加充分，在不久的将来，必有更大的进境。

原载《书画世界》2013 年 1 期

寻回失落的文心

——读潘一见的山水画

近些年来，年轻女性艺术家日增，但书画兼长者不多，造诣深厚又品味纯正者尤少，然而在我的视野中，潘一见却是凤毛麟角之一。潘一见，又名倚剑，浙江瑞安人，父亲是书画家，从事文物工作，她童年的住处，即在清代学者孙诒让的玉海楼。家学渊源，乡贤熏陶，使她走上了书画之路。求学以来，她的足迹从温州而杭州，由杭州而北京。学位由本科而硕士而博士，书画两者始而交替并进，继之同时并举。

我认识潘一见，是在她考取中央美院博士研究生之后，那时我受命主持研究生部，协调创作类博士生的教学，接触的同学比较多，也包括潘一见。潘一见的导师是邱振中先生，研究方向是书法与绘画比较，可能由于思考书与画的关系，她时而找我做些讨论，开始只谈读书治学，后来也出示书画作品。她的作品，除去写生以外，印象最深的是两个卷子，一是所临《富春山居图卷》，一个所画《齐云山图卷》。前者可见她对文人画传统的追寻，后者可见其古典而优雅的面貌。

当代的山水画，多姿多彩，一种可称景观派，多少受20世纪写实观念的影响，追求形似与现场感，笔墨为景观的描写服务。第二种可称图式派，受西方现代艺术的影响，张扬自我，笔墨肌理服从于个性化的图式。第三种可称新传统派，其中又有种种不同，就其继承一端而言，或尚宋人，或崇石涛，或尊黄宾虹。但总的情况是，求新胜于求好，求变胜于求承，很少有人去根究"五四"以来屡受批判的董其昌传统。潘一见的不同之处，恰恰勇于借鉴董氏，钻研他梳理的文人画谱系，并在造境上有所突破。所画山水，笔墨清润，意境清幽，萦绕着宁静平和的气韵。

董其昌的山水，引领了清代的正统派，他的山水画论，既是美学思想，也是画史观念。几十年来，对董氏南北宗的批判，不乏真知灼见，但大多忽视了其山水画美学的建树。我曾指出，董氏另辟蹊径的山水画理论与实践，在于进一步发挥以书入画的精义，凭借读书与行路的陶养，依赖简化古人丘壑的半抽象图式，发挥笔墨，表现境界与格调。他自己的某些作品，也确实有所创造。可惜，清代以来宗法董其昌的末流正统派山水画家，一味摹古，只学皮毛，既不读书，也不行路，自然窒息了山水画的生机。

潘一见对董其昌的借鉴，既在于以学书的方法学画，首先通过临摹掌握前人观察方法和表现方法，而后再师法造化，自行创造；又在于追求书画同样的精神表现。她自幼在父亲的督导下学习书法，从上世纪90年代初到90年代中叶，又一直在中国美院和中央美院主攻书法，受到金鉴才、王冬龄、朱关田、王镛的口传心授，但不受诸师体貌束缚，很早就由唐碑转入晋人墨迹，多写行楷，远离时趋，不求视觉夸张，不求新理异态，在行书中融入楷书，追求运笔起落转折的细微变化，严法度而尚内美，这种对个人风格背后超时空的和谐精神的追求，直接影响了她的绘画。

她的山水画，立足于寻回失落的文心，从临摹"四王"入手，上追、沈周、文徵明、元四家，也临过五代北宋大家之作，但不是一味模仿，更非纯任主观，向壁虚造，而是致力于两种功夫。一是理论与实践互证，认真研究某些文人画家理论与实践的矛盾，比如研究倪云林的逸笔草草论与其实际造诣的矛盾，从而摆脱浅学者阐释的迷惑与遮蔽，培养了对山水的敏锐感受与精微表现的能力。二是写生与临摹互证，以师造化与师古人互动。像许多20世纪的画家一样，她养成了写生的习惯，善于在写生的概括中，参证古人的创作理念与观察方法，理解画理，删拨大要，经营情境，提炼笔墨。对细部关系的悟入微际，是她的一大优点。

潘一见所画的山水，除去临摹而外，无非两种，一种是写生山水，另一种是诗意山水。写生山水，多感悟自然，也有取舍加工；诗意山水则表达理想，也时有写生的记忆出现于笔底。两种山水都重意象，尚境界。从丘壑而言，她能摆脱写实观念局限，注意提炼，有所美化，写景在不黏不脱之间，若即若离，由景变境，不求局部景观的形似，而求整体氛围的真实。笔墨则在

图11　潘一见《云岫春荫》方壶楼藏

常理与个性之间，其常理首先在"一画"之理，一笔落纸，众笔随之，笔笔生发，在施展笔墨中营造境象。

董其昌曾说："以境之奇怪论，则画不如山水；以笔墨之精妙论，则山水决不如画。"不少人据此认为笔墨即是山水画内容，从而忽略了造境的重要，在认识上走入极端。其实追求笔精墨妙，并不意味着忽视平中求奇的境象营造。而所谓笔精墨妙，除去恒定的要求之外，也有向现代转化的一面。潘一见虽然试图寻回失落的文心，以承接历史上文人画的脉络自许，多年来把创造新时代的精英文化作为目标，因此她已经注意到这些别人忽略的方面，未来越画越好是可以预期的。

原载《书画艺术》2012 年第 5 期

《澄怀味象——中国画研究院首届高研班姜宝林工作室作品集》读后

中国画的教学有两种模式。一种是美院模式，一种是画院模式。美院模式是西学东渐的产物，已有近百年历史，在改革中国画的潮流中，引进了写实主义的观念和素描基本功，纠正了古代中国画衰落期的空疏雷同，比较注意在创新中选择传统，推动了人物画的中兴和中国画家对外国绘画的积极吸收。画院模式，秉师徒授受的传统，上世纪50年代随新中国画院的诞生而出现，也已近半个世纪，比较注意民族艺术的传承和在传统基础上的创新。原浙江美术学院上世纪60年代即在潘天寿主持下，在学院模式中结合画院模式的有益因素，开创了中国画教育的新机运。早年毕业于原浙江美术学院的姜宝林先生，他在中国画研究院主持的工作室，综合了学院模式与画院模式的长处，比如，既重视写生的基本功，又重视笔墨的基本功，在当前具有推动国画教学改革的意义。

我不太了解同学们入学前的情况，听说不少人都已学有专长，从艺多年，甚至有了一定影响，但我了解他们走上中国画道路的历史条件。条件是西学的吸引力在相当长时间内超过了传统的承继力，创新热情的高涨并没有都建立在传统精髓的继承和生活积累的提炼上，市场经济竞争机制刺激下的浮躁时风，使不少画家在未能深入理解中国画的艺术精神而基本功也不过硬的情况下便投入创作。因此相当多的作品底蕴不厚，或者画得不错却隐没在别人的光影下，或者面貌粗成却不耐推敲，至于求大、求满，离开书写性而苦心制作，丢掉了中国画的写意精神者更比比皆是。针对这种现状，姜宝林在临摹、写生、创作的教学框架中，突出对中国画艺术精神的把握、对中国画特殊艺术规律的认知、对大家精品的艺术分析、对中国画家艺术修养的重视、对基本功的强化训练。同学们的论文和作品，初步反映了教学成果，他们在姜宝林工作室的学习经历必将对今后的创作产生深远影响。

同学们经过这一段时间的学习研修之后，确实有很大进步，首先表现在眼力上，其次也表现在作品上。有人说，姜宝林工作室的毕业生画得都不像姜宝林，为什么不学老师的画法。我想这正是宝林教学与传统师傅带徒弟的教学不同之处。他在教学中教的不是一家一派的家数，而是可以造就各擅胜场人才的艺术规律、基本功和创作方法，他把自己"不与人同"的主张也贯彻到教学里了。仔细看来，这些同学虽然画法风格不同，造诣也有参差，但共同点还是很多的，比如普遍重视观察、写生和独特感受，追求中国画特有的气韵和意境，讲求程式化的以线造型，自觉发挥以对比和节奏为要领的笔墨堂奥，大胆探索有现代视觉审美特点的形式构成，等等。可以看出，同学们的作品正走在深究传统、感悟时代审美风尚、努力开发个人特色的大道上。他们如果继续按宝林的教诲持续不断地勇猛精进，一定会取得前所未有的成就。

原载《澄怀味象——中国画研究院首届高研班姜宝林工作室作品集》，北京工艺美术出版社，2005 年 10 月

在古意中追寻

——林海钟的山水画艺术

 林海钟英才早发，很早就出名了，如今也只有45岁。初次见他，适逢中国美术学院首届博士论文答辩，我应邀去担任答辩委员会的主席。在答辩之余，自然也看了名为《怀文抱质》的博士毕业作品展览。那个展览给人的印象很深，林海钟的画尤觉特立独行，气宇轩昂，骨健神清。他虽然和大家一样都在"正本清源"，回归传统，但不是学近人，而是借径浙派，发扬更古老的宋人传统。

 他的论文也是研究传统的，题目是《以画体道——论五代北宋四家的古意》。在他看来，古意就是古人胸中之真善美，是真善美注入画家笔端山水所体现的人文精神。他获得博士学位那年，是新世纪第四年，新文人画已经过去，黄宾虹热开始兴起，然而林海钟没有受时风的影响，不只在笔墨上着力，而是追本溯源，研究黄宾虹称道的宋人，关注"画"与"道"的关系。可见他是一位很有自己识见的画家。

 值得注意的是，他对古意的探求，并不局限于形而上的

"道"，也探讨精微奥妙的画法风格。我在一些报道中发现，他还是一位书画鉴定家，绘画创作与鉴赏研究并重，以至成了中国美术学院书画鉴定中心的副主任。据说，他在考察巴黎的时候，十分关注博物馆与古董店里的中国古代绘画，善于从原作中考究画法源流。一个明显例证，就是根据敦煌藏经洞佛画的质地，发现了唐卡艺术与中原唐人画法的一脉相承。

林海钟早期的山水画，我只见过部分图片，感觉有点接近新文人画，图式来自古人，却放大了局部，还探索着斑渍状的肌理，不乏求新求变的锐气。但新世纪以来，他已经由师近人转入师古人与师造化的互动，实践着回到笔墨境界的传统。他对传统的选择，也已不同于新文人画主要面向明清的个性派传统，而是选择宋元传统，是自然、简约、古雅、大气的传统。追求落落大方、文质彬彬，超脱而不凋疏，空灵而不失正大气象。

新世纪以来，他的山水画约有四种面貌：第一种是江南实境，上承董北苑的"一片江南"。主体往往是北宋式的古木丛林，有时隐约着清幽的禅寺，有时伴随着繁复的楼阁。画古木茂林多虬曲高大，似历尽千秋，颇有古意，而其下的游人甚小，尽着现代衣冠，彼此相映成趣。在这些作品中，格局的落落大方与描绘的细节真实，分明取法宋人，而布局设色已融入了现代视觉经验。

第二种是树石寒林。或天地空阔，造境微茫，或老僧参禅，思逸神超。那些触目的寒林，挺生于秋冬之际，意象苍郁夭矫，笔墨顿挫飞扬，秀中带雄，圆中见方。大多取境简明，图式单纯，但宁静中不乏生机，空明中超尘脱俗。溯其渊源，或者脱胎于李成、郭熙，师其寒林平远，又不无倪瓒秋景山水的淡寂。或者来自苏轼、赵子昂的古木竹石，自觉以书入画，笔墨遒劲流畅，一气呵成，却在虚灵松动中融入了马、夏的水墨苍劲。

第三种是太行雄姿，基础是太行写生，但有很大的创作成分，布局饱满，丘壑雄奇，气象博大浑成，笔墨皴法又综合了两宋范宽、李成、郭熙、李唐与明代浙派各家，尤擅编织密集跃动的粗短线、笔势雄强的刮铁皴，而且与大片泼墨结合，既苍古爽劲，又淋漓酣畅。这一类作品，比古人重视平面效果，不讲"三远"，却夸大疏与密，对比线与面，是对古意和古法的现代阐释。

第四种是写生寻梦。写生的去处有雁荡，寻梦的所在是西湖。这两类作品都作于近年，画风更加随意自如，笔墨更加松灵恬静。前者似得江山之助，丘壑随心，图式简化，很容易使人想起宋骨元韵的新安派。后者则写水边林下，平湖风柳，突出静中

图12　林海钟《殿宇萧条》方壶楼藏

有动的感受，或者表现"波动影浮斑斓光耀"的感知，或者注入"风动如岸行"和"影入碧潭随东流"的禅悟。倍见繁华落尽的清新，深感超然物外的飘逸。

可以看出，林海钟成熟期的艺术，已经不刻意求新求奇，相反他总是通过平淡的景观，以生动提炼的笔墨，在与古人对话中，表达心灵与自然的契合，不期然而然地营造出深远幽微的境界，透露出澄怀观道的旨趣，开拓出当代人渴望的心理空间。他尤其擅长以所谓"北宗"的水墨苍劲写"南宗"的神思超逸，用有力而飞扬的笔墨，借洗练而生动的图式，构筑或超逸或雄奇而充满生机的意境，把对生命与自然的体悟带入山水画的现代语境之中。

他的山水画也已不那么过分张扬个性。对"创新"和"个性"的提倡，长期以来是画坛的主流话语，不过，世纪之初有些画家已经开始反思，指出"新"不等于"好"，孤立追求个性容易忽略艺术的民族性与社会性，并且为此呼吁自觉接续传统文脉，在作品中体现民族文化的价值观念。然而同样接续传统的画家，又有两种不同取向，一种以古法师造化而创造自家面貌，另一种则在回归传统笔墨境界中表达新的机运，林海钟属于后一种。

林海钟善于潜心学习古人，像鉴定家一样辨析玩味一笔一墨；又能够从容感悟自然，像寺庙中的修行者一样在静谧中开悟。他不刻意拉开与古人的距离，甚至似乎笔笔有出处，却自然而然地画出了自家的品味。比较当代更多探索用墨的画家，他似乎更重视发挥用笔，下笔必断然有力，行笔则流畅明快，既不迟疑，也不造作，达到了心手的相凑相忘。近年来，他的笔法出现一种新的迹象，像用硬笔速写一样的硬朗流畅，又不失清灵之气。

　　历史经验表明，艺术是在创新和寻古的张力中前进的，林海钟对古意的追寻，摆脱了为创新而创新的浅薄，重视了盲目创新者忽略的民族文脉、历史积淀与民族审美特色，也就贴近了现代丢失已久的"古意"。这个古意，既是真善美，也是林海钟讲的"千古不变的心"，"跨越时空的审美价值"，更是饶宗颐教授所谓的："万古不磨意，中流自在心。"有了这样的透彻见解，他的艺术必然在不断回归传统中更上层楼，不断在参酌西法中发展自身，不断在师造化中走向与造化同工，必然也会在不断的贯通古今中强化个人风格。

原载《艺品》，福建省文联主办，2017 年第 5 期

质朴　大气　深蕴

——看梁如洁的书画

　　梁如洁教授家学渊源，父亲是著名的岭南派画家梁占峰，又在广州美术学院接受名师的训练，是一位基础深厚兼长花鸟画、人物肖像和书法的艺术家，山水画也画得不错。她的肖像画，继承发展了水墨写实传统，造型简括，笔墨简当，以方佐圆，皴似刮铁，在绘画性中求雕塑感，别具一格。她的篆书，无论书写甲骨文、金文，三公山碑，还是好大王碑，都力求破圆为方，变婉转流美为曲中求直，笔笔力透纸背，颇有屋漏痕之遗意。

　　她画得最多的是花鸟画。以往的《涛声》《桑田》《告别冬季》《新绿》，都以不同于传统的面貌拓展了花鸟画的内涵，以富于岭南特色的视觉意象反映了时代的变化、无尽的生机和充满希望的立意，分别获得第六、七、八、九届全国美展奖。新世纪的《故土》和《菩提钟声》又为扩大花鸟画精神容量进行积极探索，反映了在花鸟世界中表达深意宏旨的雄心。

　　她的花鸟画质朴大气，雄厚有力，从容自然，笔疏意密。

善于把写实而提炼的造型，朴拙而方劲的笔墨，饱满而颇有构成意味的构图结合起来，灵活运用白描、水墨、皴擦、积墨、没骨、勾勒设色等多种画法，表现当代人对自然的感受与感悟，尤其善于通过自然现象与人们生活的联系，寄托深厚的意蕴，表现心灵对自然的回归，灵魂对困境的超越，睿智对摆脱盲目的警示。

看她的花鸟画，会感受到三个明显特点。其一是不满足于表现花鸟的形神，力求扩大花鸟画的境界，赋予深厚的精神内蕴，实现人文关怀。其二是以简朴从容的笔墨，富于现代视觉经验的平面构成意识，提炼花鸟意象，表达生命状态，构筑动人境界。真诚、朴厚，源于自然，而高于自然。其三是观察感受花鸟

图13　梁如洁《薛永年像》方壶楼藏

世界时有女性的细腻，但艺术表现大气豪迈，从容不迫，可谓巾帼不让须眉。如果有什么建议的话，就是在发挥平面构成的同时适当讲求书法的笔势，以强化书写性的节奏与气脉。

我与梁洁如教授原不熟悉，但她来京举办《大道自然》画展期间，热情地邀我来中国美术馆参观讨论。在展室的画作前，她逐一介绍作品，悉心听取意见。作为见面礼，她还特地准备了给我画的肖像。她的诚恳与谦虚，给人留下了深刻印象。回到羊城后，又寄赠花鸟画和书法，还有画册等材料，包括在展室交流对话的录音整理，希望我据以成文，以记翰墨之缘。她的谦虚、真诚和执着，令人感动，促使我在繁忙的旅途中写下了如上观感。

原载《东莞书画》2013年第6辑

岭南美术出版社，2014年1月出版

在回归中兼融

——温瑛和她的写意花鸟画

最初以画牡丹著名的温瑛女士,是近三十年来活跃于北京画坛的写意花鸟画名家。她不但是王雪涛花鸟画派的重要传人,而且逐渐形成了其富于时代气息的个人风格。然而,她从一个版画家成为擅长写意花鸟的中国画家,却经历了从学西画到回归传统再自然而然地融西入中突破前人的过程,体现了从西返中而获得成功的独特艺术道路。

温瑛出生在上世纪 40 年代之初,是五六十年代中央美术学院附中和版画系的毕业生,虽然在传统文化方面不无娘家祖父的熏陶,但在学校所受的教育却是西式的。在学院西式的艺术观念下,她练就了良好的素描基础与扎实全面的写实造型能力,曾经对雕塑有着浓厚的兴趣,后来师从彦涵先生专攻木刻。她说,那时以青春的激情,迷恋于彦涵的平刀,向往珂勒惠支艺术的精神力量。尽管 1964 年她便与后来成为美术史家的附中同学王珑结婚,成了齐白石得意弟子小写意花鸟画大家王雪涛先生的儿媳,然而大学毕业后的十余年间她都在外地从事美术编辑工作,加上学院美术教育观念的局限，她并没有主动地学习中国画。

直到 1978 年调回北京，她才在侍奉公婆中自然而然地走近中国花鸟画，在供职于北京中国画院的《中国画》杂志之后，又有了广泛深入接触中国画与中国文化的条件，对中国画的理解不断加深，对中国画的兴趣也越益浓厚。特别是在王雪涛逝世之后，她通过整理遗作、出版画册和撰写文章深入思考，才在人与自然的关系中，在雪涛对昆虫深入观察所获得的启示中，认识到中国花鸟画独特的美，发生了艺术观念上的重大变化，在自觉回归传统中转入了对中国花鸟画的创作与研究，把对传统继承与发扬看作自己的志向。

现在不少写意花鸟画家，尽管不再满足于西式的写实，但心目中的写意，除了书写性之外，总以描绘花鸟的生命状态为满足，深入了解传统的温瑛却懂得写意的真谛，她指出："中国写意画艺术的特点正是中国人独特的'天人合一'的自然观与古老纯朴的辩证观特别是老庄哲学思维方式所决定的，是不失自然形象，又与画家主观意念、思维、个性完美统一的艺术表现形式。""其精神内核相对于西方绘画，要么完全再现自然要么摒弃自然而完全表现主观精神的单向艺术观点而独立于世界。"

直承王雪涛小写意花鸟画衣钵的温瑛，一方面传承了雪涛艺术提炼生活的花鸟图式，并上溯齐白石、吴昌硕、任伯年、青藤、白阳，深究花鸟画以花鸟为载体讴歌生命同时抒写情怀的旨趣，掌握了中国写意花鸟画不同于写实艺术之高于生活的浓郁中国味。另一方面，她又在中体西用当中把学院教育里得益的西画因素用于中国画，特别是在画花的正、侧、俯、仰、前、后，叶的正、反、转、侧时，能把西画中结构的、透视的、构图的技巧融汇补充到中国的小写意花鸟画中，拓展了花鸟画的题材与精神表达领域，丰富了写意花鸟画的表现力。

温瑛写意花鸟画的题材比较广泛，除去牡丹以外，玉兰、梅花、辛夷、水仙、山茶、天竺、紫藤、荷塘、竹子、菊花、芙蓉、红蓼、鸡冠、凌霄、葡萄，无所不画，而且描写了前人没有问津但已进入当代生活的三角梅、柱顶红、太阳花、康乃馨、虎刺梅等等。在花卉之间不时也穿插点缀些黄鹂、翠鸟、喜鹊、蜂蝶。虫鸟的灵动夸张颇得雪涛神韵，花卉提炼方法则不仅继承了雪涛的经验，并在观察写生中形成了日益鲜明的个人特色。

在写意花鸟画的艺术性上，温瑛特别强调"四美"："自然景物之美、笔墨韵味之美、章法结构之美、思想境界之美"。在她的作品中，"四美"又是融合在一起的，笔墨韵味和章法结构之美同样有助于既表现大自然的生机活力，又表现投射在大自然花鸟中的内心情感与精神境界。而她对"四美"的融合，特别注意于"自然之花"到"胸中之花"再到"笔底之花"的酝酿幻化与实现。她强调"在落笔的同时，画面上形、色、神、韵、情、趣，通过笔法、墨色、章法之运用及掌握之各种技法尽其所能将构思展现"。

温瑛小写意花鸟画的格局，分别来自传统的"折枝""丛聚"和"清供"。三者普遍特点是在以具有独特美感的笔墨语言提炼物象从而表现物理、物情、物态时，注意了空间透视中的结构与空间位置的前后层次。而"折枝""丛聚"特点是章法结构服从于胸中意象流泻于画面的三个要领，其中两个要领分别是雪涛总结出的在笔墨运动过程中把控全局的"主辅破"与"引申堵泻回"，另一个要领是来自学院教育的黄金分割、视觉平衡，特别是版画讲求的黑白观念与平面分割技巧。

值得注意的是，在"折枝"与"丛聚"形态的作品中，她除去省略环境代之以空白的传统格局之外，也以简练的笔墨适当点染环境，用山石流泉、池水绿波或晴空雪野衬托花鸟，把平面的虚实安排与空间的可感性有所结合。她的"清供"作品，虽然也是在瓶花盘果之外并不描绘实有的空间环境，但却吸收了西方静物画描绘室内案头花果器皿的现场感，在一定程度上注意立体感、透视和光影的表现，因而拉近了生活，增加了现实感。但这种现实感，又伴随着抒发感情洋溢的诗意感受，寄托富于人文关怀的精神境界或表达花鸟世界令人深思的哲理。

洋溢诗意感受的作品，如《献给母亲的花》《玫瑰与柠檬》，前者画玻璃缸内百合、康乃馨与瓶中蜡梅。题曰："献给母亲的花。壬午冬母亲在医院度过了一生最后时光，……"又题："我爱母亲，对于她，就像对北京，只有当我长大成人，才真正体会了情感与心灵的沟通，更了解了文化及精神上灵与魂的传承。"后者画瓶中百朵玫瑰，其下两只柠檬。温瑛题道："百朵玫瑰，两只柠檬。结婚三十年，女儿丹丹，送我百枝玫瑰，以示庆祝，欣喜之余，画以记之。然总觉有所缺憾，放之数年，忽一日心血来潮，欲题之时，添加两只柠檬，感慨人生在世，酸甜自知。"

寄托精神境界和表达独特哲思的作品，如《仪天图》和《好花佳实图》。前者画竹林小鸟，以传统的寓意手段，讴歌高尚的品德。题曰："仪天图。固以树德，直以立节，贞以立志。"后者画白瓶中插牡丹，黑盆内种灵芝，一束荔枝，旁落三五。以岁朝清供的传统形式，表现观察感受而来的哲理化思考，题曰："好花佳实图。梅花优于香，桃花优于色。兹荔枝无好花，牡丹无美实，乃知天下之美不可兼得，好花牡丹，佳实荔枝，正所谓世间之美各具所优。"因而别饶新意。

在同代画家中，温瑛是少数善于题诗于画的能手。有些诗词，状物惟肖，如题《三角梅》曰："三角梅，簕杜鹃，喜日照，爱暑天。红粉黄白叶三片，擎出小花星儿艳，妖娆在枝端。叶片片，枝纤纤，干舒展，条条鞭。衬在蓝天白云前，袅袅婷婷格外鲜，南国展笑颜。"诗情画意，相得益彰。有的诗词，声情并茂，音韵铿锵，比如题《古都春色图》（牡丹）云："那么端庄，那么漂亮，谁能比得上你——那么辉煌。这么饱满，这么狂放，谁能比得上你——这么兴旺！"有的诗词则开发新意，画龙点睛，如题《秋光如火图》（鸡冠花）曰："世人均爱牡丹花，占断春风色更佳。我费十两胭脂色，一鸣惊时胜春华。"

温瑛的画风，大气自然，丰润饱满，劲健雅丽。已故的秦岭云先生说，她的小写意花鸟画，"功底深厚，勇于探索，出新意于法度"。确实，她并不强调拉开与传统形态的距离，而是让人感觉她是从门里出来的，是在传统的基础上稳步探索的，既立足于吃透传统精华，又充分展现自己的感受，表现自己的性情。我青年时代在北京中国画院的学习班学习人物画时就接触了王雪涛先生，后来又与王珑同学、同事，因此目睹了温瑛中国画不断进境的历程，所以在她的画集行将出版之际，乐于略述所知所感如上。

原载《大家气象·温瑛作品》，

北京工艺美术出版社，2014 年 9 月

晚晴的精丽

——看梁季兰的团扇艺术

团扇又称纨扇，圆形似满月，以绢为面，以竹为骨，是用于拂暑的生活用品，相传最早由汉代班婕妤创制。而在团扇上作画，最晚出现于唐，在宋代愈加流行，很多名家都在团扇上留下了精美作品。自古以来，任何一柄绘制的团扇，其实都是工艺与绘画的结合，都体现了中国人的美学观念：生活的艺术与艺术的生活。如今，电扇与空调取代了手摇扇的功能，画扇便成了留存历史记忆并装点现代生活的高级艺术品。

在四合院里长大的梁季兰女士，自来勤奋好学，尤钟情于工笔花鸟画。她自北京工艺美校毕业后，一直从事美术设计工作，并发挥绘画才能，成绩显著，屡受表彰，上世纪已评为高级美术设计师。退休以后，她发现家里旧存的老团扇扇骨，材质不一，竹木为主，制作精美，可惜都没有绢面了，于是亲自动手裱绢，绘成鸟语花香的成扇，再装上丝绸的扇边，配上扇柄饰带和流苏扇缀，尽善尽美，古意今情，成为布置居室的艺术品。

她的这种团扇艺术，才一出手就深受欢迎，于是产生了绘制百扇的计划：从江西购竹，委托糊风筝的艺人按照自己的设计做扇骨，其后的绘画制作工序统由自己完成。几年来，她以老有所为的志趣，以年轻人一样的热情，以精益求精的技艺，朝斯夕斯，乐此不疲。近年，她为了在绘画上吸收新机，还考入中国艺术研究院中国画研究生创作课程班深造，不缺课，不迟到，不早退，成为模范的古稀学员，艺术上也大有进步。

她的工笔花鸟画，年轻时代就从学于赵纹、段履青、马晋三位先生，特别得益于马晋先生的中学为体而略参西法，比较全面地继承了勾勒设色、白描和没骨的传统，练就了良好的造型能力与笔墨功夫，多年来，又在写生中师法造化，捕捉生趣，熔铸诗情。进入中国画研究生创作课程班以来，更在田黎明、林若熹等多位名家的指导下，增强了作品的时代审美气息，丰富了撞色、撞水、水溶和渍水的技法。

梁季兰的团扇绘画，精丽、优美而清新。画得工致精到，但不与照相机争功；经过高度的提炼与剪裁，又决不保守老套；

图14　梁季兰《荷花纨扇》方壶楼藏

虽然画的是花姿鸟态与风和日丽，但充满了花鸟生韵与人生的感情联系。她尤其善于在活用传统诸法的基础上，巧妙地融合西画因素而增加表现力，但仍然保持着浓郁的中国味。她的画每每在清晰与朦胧之间、鲜丽与雅致之间、画意与诗情之间、北派工笔的尚骨法与南派工笔的重韵味之间，因此惹人喜爱。

我在上高中的时候，曾在北京中国画院的学习班学习，经常到马晋先生家请教，近年与马晋先生的哲嗣马龙师兄一家亦时有往来，不仅有机会看到马龙夫人梁季兰女士充满京味的散文，而且早就蒙她以佳作馈赠，日夕欣赏她精美的团扇艺术，感受到她艺术追求的老而弥笃和精益求精。现在她将要出版百扇画集，希望我写篇东西，我有感于她赋予这种寓意家庭和美与生活幸福的团扇艺术以新的生机，于是写下了上述文字。

原载于《团扇：梁季兰工笔花鸟百扇画集》，

天津人民美术出版社，2015 年 7 月

看朴庐的水墨画

沐雨楼中客，藏札稀世珍。枯莲如寿石，画笔寄禅心。

朴庐赵胥，来自辽南，高高的个子，健壮的身躯。他给我的印象，最初不是画家，而是年轻的收藏能手。不到而立之年，已经收藏颇富了。他的《朴庐藏珍》，编录近现代学者的书札手迹，百人百通，选于自藏，始于清末的俞樾、黄遵宪、沈曾植和康有为，止于近年去世的朱家溍、王世襄和杨仁恺，人文荟萃，洋洋大观。很难想象，他为此付出的心力，但这些收藏，无疑既丰富了他的学养，也引他进入了历史文化的深处。

他毕业于中央美院，学的是雕塑，爱的是收藏，信的是佛教。到我这里来，大多与研究近代美术史的丛涛结伴。所谈的内容，不是收藏花絮，就是书画史学，当然更多的是他与杨仁恺、来新夏的师生之谊。他送过我的书籍有：收入他怀念文章的《和溪明月——杨仁恺先生纪念集》，他担任编委的杨仁恺所写的《中国古代书画鉴定笔记》。他这个年轻人，以特殊的机缘，十分幸运地隔代接续了老辈的学术衣钵。

前几个月，他忽然带来一批作品图片，都是近年创作的中国画。他说为了出画册，希望我写点观感。图片中的作品，少数是设色的，但用色单纯，多数是墨笔的，很有特色。从图片看，题材集中，无非荷花、竹石、古柏、奇石，而画得最多的是莲蓬，是干枯的莲蓬头，画法属于超级写实主义，体积感明显，质感逼真，还有一定的光感，因为画得较大，往往使人想起油画《父亲》。不过，这些画大多以干笔皴擦，刻画细腻入微，也像传统的文人画一样，背景一片空白。

看到这些作品，我首先想到扬州八怪中的边寿民。边氏除去画芦雁之外，也画蚌蛤等水产，用近似素描的手法，精细地描绘水族风味，出之以干笔淡墨。在扬州八怪活动的 18 世纪，西画已经传入，出现这种体格，顺理成章。发展到 20 世纪和 21世纪，融合中西的画法更属司空见惯，但是赵胥的作品，在融合中西中，更自觉地也更个性化地接续了传统的绘画体格与精神文脉。

赵胥学画，入美院之前，有幸在老年杨仁恺的诱导下，重视学习经典，远离时髦风气。每画花鸟奇石，总以宋元人为经典，学宋人的精于体物、学宋人对自然的尊重、学宋人花鸟画精神层面的东西。至于元人，既学其并不脱略形似，又学其笔墨个性，还有诗文书画的结合。其后，他来京华学习，接触中西文化，继之又皈依佛门，在佛学智慧的烛照下，在西方照相写实主义艺术的启发下，选取特殊题材实现了传统当代性的转化。

他的花鸟画，聚焦干枯的莲蓬与寿石，题材精粹、单纯，立意并非朝花夕拾，亦非画生命状态，而是讴歌永恒的生命。他画的干枯的莲蓬，或仰或俯，或正或背，千姿百态，均无莲实，但那铁铸的感觉，分明是鲜活生命的延续。昔日中通外直的品质，通过干枯的形式固定下来，远离了生命的轮回，彰显了没有消亡的精神。如果说，他画的干枯的莲蓬是生命的凝固，是生命精神的永驻；那么他画的寿石，本身就是历尽沧桑的不朽精神。

至于形象和笔墨，他的画作既是精确写实与主观能动的统一，又是山水与花鸟的结合。就前者而论，一方面在应物象形上比宋人更精微，另一方面在用光上把宋人的平光改为自由投射的光。就后者而言，他画干枯的莲蓬，不是用宋人的勾勒渲染，而引入了山水画的皴擦，与他画寿石的皴擦是同样的画法。此外，它不仅利用空白，凸显所画莲蓬的单纯，而且偶有题诗、题文，甚至题写心经等拓展画境，升华境界。

赵胥还很年轻，他的艺术就已初具面目，这是值得欣幸的。究其缘由，一是造化的领略，二是传统的追寻，三是外来艺术的借鉴，特别是善于用外来艺术的借鉴焕发传统的光辉。对于传统，他不但重视笔墨的转化，而且更重视传统精神的发扬。长期以来，据说张璪的"外师造化，中得心源"充分体现了传统精神，而按照近年学者的研究，张璪此说又与佛学禅宗一脉相承，那么随着赵胥佛学造诣的加深，他的水墨画艺术还会有跨越式的发展，我期待着。

原载于《艺品》，2017年（丁酉卷）第2期

厚积 稳进 求通

——林维的写意花鸟画

人们之所以需要花鸟画，在于花鸟画不仅能再现鸟语花香，欣赏自然美，还可以用诗人的眼光借物抒情，表现生命的情怀、环境的渴望、自然的生机、天人的和谐、时代的气息、历史的智慧与和平的憧憬，表现理想、情操和精神生活的方方面面。

近三十年来，在破除背离艺术规律的"花鸟画无用论"之后，花鸟画迎来了大好春光。从整体上看，相对贴近物象原貌的工笔花鸟画取得的成绩比较显著；写意花鸟画则高度概括，形成一定的程式，距离生活实际较远，只能在继承的基础上突破，发扬传统，积极探索，从容稳进。

对传统的发扬，一是迁想妙得，营造诗歌一样的空间境象。二是心随笔转，发挥书法式的笔墨表现。三是按"妙在似与不似之间"的法则，开发对应物象与心象的写意图式。写意花鸟画创新的探索具体表现为：精神性拓展、全景式构图、大语言意识、色彩的发挥，特别是在表现时代精神和新视觉经验方面的进取。

图15　林维《禽呼大吉》方壶楼藏

有些写意花鸟画家醉心于树立个人风格，考虑形式醒目多，探讨精神内容少，甚至受市场拨弄，急于求成，心态浮躁，眼光偏狭，不是以继承师门的衣钵为满足，就是以对前人的搬前挪后代替自己的探索。更大的问题是，不能在民族文化的涵养下和适当的跨界中深造求通。然而，来自福建的林维是个例外。

林维出生在闽西，不知不觉地浸染了传统悠久的民族文化。大学时代在上海戏剧学院学习舞台美术，锻炼了融合中西又适应大众需求的造型能力与色彩敏感。工作多年之后，在新世纪之初，他入读中国美术学院的花鸟画硕士研究生班，沿着中西绘画拉开距离的主张回归借古开今的艺术道路。

2009年，他又考取了中央美术学院的花鸟画博士研究生，导师是郭怡孮教授，我则负责指导他的论文。我发现林维待人平和稳重，处事踏实从容，绝无心浮气躁之态。他的写意花鸟从明清入手，上溯宋元，下涉近现代诸大家，赵之谦的影响最为明显。同时他也比较注重学术钻研和理论思考，对传统颇有理解。

他的写意花鸟画欢快、饱满、和谐、靓丽，水分饱和，雍容大度，具体而言，特点有三：一是广学博取，不拘一格。路子宽，面貌多，取法的范围包括了宋人的勾勒设色，元人的细笔墨花，明清的淋漓水墨，还有双勾的白描、纯以彩色图之的没骨。他决不拘泥于一种画法，而是踏踏实实地研究诸法，取为我用，并不急于定型自己的面目。

二是写而兼工，雅而偕俗。他的作品不同于古人的孤芳自赏，也不同于当代有些画家的自说自话，而是在人与自然的和谐中，在个人与公众的沟通中，表达雅俗共赏的旨趣。他还学习太老师郭味蕖适当地跨界结合，比如山水与花鸟的结合，工笔与写意相结合，泼墨与重彩相结合，也尝试传统之外的全景式的章法、大面积不止花叶的平面构图，表现强光与重色的感觉经验。

三是重视感受，讲求品题。他继承了古代的"寓兴"传统，通过写生，亲临其境，发抒春酣、夏雨、秋光、冬雪的感受。他还善于通过题诗题句，迁想妙得，扩大画境。比如画芙蓉飞鸟，题"换回春色秋光里"；画牡丹双蝶，题"蝴蝶乱飞花未落，东风庭院又春深"。他题诗题句的书法，近年往往用近似二爨的魏碑，方笔露锋，亦庄亦谐，恰好与饱满丰厚的花卉相映成趣。

世界上拥有最多花鸟画家的地域是中国，最早确立花鸟画科的国度也是中国。花鸟是大自然的一部分，又处于与人类的物质生活和精神生活的联系之中。花鸟画独立成科，既反映了审美领域的扩大，造成了花鸟画的专业化，也可能导致视野的狭窄，削弱了这一独特艺术品种的文化含量与艺术表现力。林维敏锐地觉察了这一点，他发现历来卓有建树的专家往往既专又通，饱览群书，博涉文史哲、诗书画，都是摆脱了分工与分科局限的通人。他的博士论文《通人画家郭味蕖研究》正是讨论这个被一些专家忽略的问题，他的写意花鸟画艺术也正是按照"贵能深造求其通"的历史经验，厚积、求通，在艺术的大道上稳步地前进。

原载于《林维画集》（中国艺术研究院文学艺术创作研究院艺术家系列作品集），文化艺术出版社，2016 年 10 月

我眼中的潘天寿

—— 看潘画的笔墨、章法、意境、格调

潘天寿先生是 20 世纪无愧于大师的中国画家，是高瞻远瞩地推动了中国画全面发展的美术教育家，是思想深刻借古开今又有世界视野的美术史论家，是文化自信文化自觉的先觉者、先行者和先倡者。

潘天寿的文化自信，表现为不随流俗，不受时风的遮蔽，在反传统思潮中保持清醒的头脑。在对西学的吸收融汇中，保持民族的骨与魂。20 世纪以来，文人画不断受到批判，董其昌更是众矢之的。但是，潘天寿在《听天阁谈画随笔》中说："董氏之书画学之成就，平心而论，不减沈文，其论画之见地及鉴赏眼光亦然。"

了解画史的人知道，董其昌论画，高度重视笔墨。所谓"以笔墨之精妙论，山水决不如画"。董其昌的传承者，不仅高度重视笔墨，也高度重视位置，也就是我们说的章法。20 世纪之初，阐释文人画价值的陈师曾，又在笔墨位置之外，概括了文人画的四大要素：第一人品，第二学问，第三才情，第四思想。

联系上述古代和近代的画史画论，可知潘天寿对艺术问题的见解，既独具只眼，又渊源有自。潘天寿说："凡学术，必须由众多智慧者，祖祖孙孙，进行不已，循环积累而得之者也。"他又说："学术之前程无止境，吾人智慧之开展无限度，进步更有新进步也。"他既是传统的集大成者，更是中国写意画的开拓者。他的继承与开拓都有一个前提，那就是精求学术，讲求质量。

笔墨、章法、意境、格调四者恰恰关系到艺术的质量。前两者偏于画法，后两者偏于精神。前两者偏于外在可视的因素，后两者偏于内在的品质。无论从艺术理论而言，还是就绘画实践而论，前两者，古已有之，潘天寿有新的发展，后两者，古人在画论中或讨论不多，或者没有论及。潘天寿不仅身体力行，而且有重要论述，发前人所未发。

潘天寿关于笔墨的论述，一是非常重视历史积淀，比如讲述"如屋漏痕，如折钗股，如锥画沙，如虫蚀木"，但又有新的阐发，比如对于"以书入画"中的"点如高山坠石"（《笔阵图》），他不是说要有力度，而是解释为"点的意趣"，可见他比较重视笔墨的精神性因素。

二是他用沟通中西的"点线面"来讲解笔墨，但指出中国画独有的特点。他说中国画在于"以线为骨"，而且在笔与墨，或者称线与面的关系中，指出相互依存的关系，指出"笔不能离墨，离墨则无笔。墨不能离笔，离笔则无墨"。实际是强调张彦远所谓"笔踪"的重要意义。他还继东坡的"诗中有画，画中有诗"之后，首次提出"书中有画，画中有书"。

对于章法，潘天寿称为"布置"，他一方面从空间事物的观看角度和观看方式着眼，使用透视的现代术语，提出"平透视、俯透视、斜透视",但称焦点透视为"静透视",称传统散点透视为"动透视"。另一方面也从中国画在平面布局的意匠经营着眼,考虑主客高下、纵横曲直,疏密虚实、黑白有无的关系,探讨平面布置线条组合的多样统一之美,提出了"三角斛"的精辟见解。

对于意境,他不是一般地讨论情与景、象与境,空间境象与意在象外,而是在中外的比较中,突出强调静美的意境,说"西画主眼见身临之实境,故重感觉,需热情。中画主空阔流动之意境,故重感悟,需静观,受之于眼,游之于心,澄怀忘虑,物我融会,此境惟于静穆中方能得之"。"中国画意境求静",从创作而言,不是仅仅关注个人身边的小情小境小情趣,而是表现"气结殷周雪"般的天地大美,在花鸟画中构筑北宋山水般的静穆与崇高的精神境界。

画论中原来没有"格调",提出格调是潘天寿的创见。他指出:"格调说到底就是精神境界,各种文艺作品都有格调高低之分,人也有品格高低的不同。"可见格调,也就是作品体现的精神品格。前人只有"人品不高用墨无法"等说法。但是,潘天寿的格调说,提出了画家思想情操、人品修持对于绘画的重要意义。

潘天寿说:"艺术不是素材的简单再现,而是通过艺人之思想、学养、天才与技法之学术表现","中国画就是讲神情、讲意境、讲格调,要表现高尚的情操"。他的艺术之所以高于生活,之所以不同流俗,就在于"不与照相机争功",在于既重视笔墨位置,又重视意境格调,在于为中国画的发展,对文人画的优良传统实现了创造性的转化和创新性的发展。

原载《艺术品鉴》,2017 年第 5 期

体验生命　回溯源头

——看刘巨德的水墨画

　　刘巨德先生，一位金针度人的师表，一名直溯生命源头的画家，一个以画笔进行思考的哲人。

　　他接续的文脉，来自林风眠、庞薰琹、吴冠中系统。这派画家以开阔的国际视野，比较中西异同，继承传统精神，融汇西画现代因素，表现中国韵味，尤其重视艺术的形式美，在艺术探索中，在体现传统哲学的画论研究中，"边传边统"，走向中国文化的最深处。刘巨德则是这一派在新时期的优秀后继者之一。

　　刘巨德擅长水墨画、油画、素描、装饰绘画、插图，也创作过陶艺和雕塑。开始，他的水墨画把师辈的形式美探索与文化寻根相结合，融汇写实和写意，既以太极阴阳的传统哲理引领作画，也抒写浓郁的乡情。近十年来，他开始在同一作品中把上述两种努力结合起来，而且赋予了迁想妙得的象征性和寓意性。

　　在创作中，他不是被动地描绘客体，也不是一味地自我表现，而是以生命体验生命，在大气、简约、微妙的艺术实践中，体悟天地之道，亦即把艺术的创造看成"天人合一"的实现。他

图 16　刘巨德《寿桃》方壶楼藏

的这种艺术观，不是机械地形式服从内容，而是追求神与形、气与象、道与技的高度统一。

刘巨德强调"要想创新，必须要回到源头"，也就是以逆流而上的精神领悟传统，对此他称之为回乡，他说："我的绘画创作一直在回乡的路上，回到童年的故乡、文化的故乡、宇宙的故乡、子宫的故乡。""第一阶段是找寻童年和文化的故乡，……第二阶段是寻宇宙和子宫的故乡。"

他的回乡之论概括了多种关系，包含自然与文化、个体生命与宇宙大化、境界格调与肌体手眼，可以说是对"外师造化，中得心源"的进一步阐发。近年学者研究，张璪的这句名言实际与佛学的禅宗相关，丰子恺也说，"艺术的最高点与宗教相接近"，那接近之处正是精神的超越与灵魂的安顿。祝愿他在回到艺术源头实现终极关怀的过程中取得更大成就。

原载《中华文化画报》，中国艺术研究院主办，2017 年 1 月

随所寓而发之

——看唐辉的山水画

　　20世纪引进的写实主义，对中国山水画有利也有弊，利在推动了对景写生，促进了"师造化"传统的回归，弊在容易受实景的局限，不能更大限度地"得心源"，实现笔墨与丘壑的互动。唐辉原来擅长人物画，造型功夫深，写生能力强，不乏学院写实主义的沾溉。后来因工作的特点，他转向了山水画创作，但所画山水，几乎没有写实主义的影响，直接回归写意传统。观赏他的山水画集，深感风格强悍苍浑，意境雄奇幽僻，笔墨深厚老到，善于取法前人精粹，自家面目日益成熟。

　　他的山水画，多墨笔淡色。论构图，则每取近景，或山起人面，或云生马头，大胆截取景观，气势直逼眉宇。论景象，则多造境，或画奇松诡石、深谷幽居，或画云山映翠、碧嶂烟岚，或画千崖秋气、万壑云山，或寄情于国内黄山名胜，或者发兴于欧洲阿尔卑斯山，但均以我心提炼并驱遣古法，以视觉张力突显丘壑，发挥笔墨苍辣之美，构筑了雄浑高旷之境。至于诗书画的结合，更继承文脉，三绝求通，书法朴拙如北朝碑刻，题写则古人名句或自撰联语，画境诗题互相生发，格调境界随之彰显。

看唐辉的写意作品，不免想起明末徐沁之论："能以笔墨之灵开拓胸次，而与造物争奇者，莫如山水。当烟雨灭没，泉石幽深，随所寓而发之，悠然会心，俱成天趣，非若体貌他物者，殚心毕智，以求形似，规规乎游方之内也。"考究唐辉的艺术渊源，就笔墨与境界的关系，可见董其昌的观念，就丘壑笔墨的法脉，更见对明末清初的新安派的发乳，特别是髡残、程邃和戴本孝。值得注意的是，唐辉的取法新安派，借径于近代的黄宾虹和当代的赖少其，而对黄宾虹、赖少其的学习，既斟酌其迹，尤师法其心。

这心，就是师古人而不被成法束缚，有所损益，有所改造；就是师造化而心不为物役，驱遣丘壑，再造山川；就是得心源而求"境与性会"，以心造境，内美焕然。黄宾虹虽行万里路，但文脉植根于新安，表现的内美，必求"山川浑厚，草木华滋"，草木的华滋，主要来自植被丰茂的南方，故浑厚茂密而幽深灵

图17　唐辉《山色江声》方壶楼藏

动。而唐辉足迹遍及南北东西，但身为北京人，探索的内美，却不乏北方气质，故朴拙沉雄，在高旷豁然中，无意中流露出燕赵之士的慷慨悲歌。

唐辉在同龄画家中，好学多思，文笔亦佳，可以看出，他的艺术理念不仅消化了张璪的"外师造化，中得心源"；也包括了董其昌的"画家以古人为师，已自上乘，进此当以天地为师"，显示了善于继承的智慧，发扬了古人以笔墨变自然为艺术的要妙；并在笪重光所谓的"天怀意境之合"中，注入个人感受，体现情怀趣致，表达精神境界；又从近当代借古开今大家直指高峰的独特经验里获得了启示。他的艺术取得新的超越，是可以预期的。

原载《中国文化报》2018 年 10 月 29 日

张介宇胡杨礼赞研讨会暨胡杨艺术研究院成立致词

　　张介宇先生是著名的山水画家，是岭南派山水画大家黎雄才的入室弟子。他继承发扬了岭南派的传统，重视写生，把传统的笔墨与西画的空间处理和造型观念结合起来，在发挥笔墨的同时，也适当强化色彩的表现力。他近年创作的《胡杨礼赞》，是一件非常成功的殿堂画作品，受到了专家学者的广泛好评。

　　在古代丝绸之路必经的大西北，沙漠中的胡杨树，扎根地下 50 多米，生命力极其顽强。抗干旱、斗风沙、耐盐碱，"生而一千年不死，死而一千年不倒，倒而一千年不朽"。这种经历千万年的原始树种，以其坚忍不拔的精神，守卫着脚下的土地，保护着周边的生态，为人类在极其残酷的沙漠环境中创造了生存的条件，它本身就是生命的赞歌，是民族精神的象征，而且见证了丝路上文化的交流互鉴。

　　在创作《胡杨礼赞》之前，张介宇一家来到新疆塔里木河流域的轮台县时，正值深秋，胡杨灿烂，他为胡杨的辉煌灿烂与悲壮的历史所震撼。后来他又十余次深入沙漠腹地，亲身体验胡杨的生长条件，感受胡杨的固有特性，如饥似渴地为胡杨写生、拍照，立志用绘画为胡杨立传，为礼赞胡杨的生命精神而创作。

他精心创作过高 2.2 米、长 70 米的盛世画卷《胡杨礼赞》，2010 年曾在中国人民革命军事博物馆展出，社会反响极其热烈。2015 年初，他接到人民大会堂管理局的邀请，为金色大厅创作胡杨题材作品，同样定名《胡杨礼赞》，此图风格质朴、平实、强健、厚重，气势磅礴，内涵凝重，笔墨浑厚，丰富凝练，色彩辉煌，有充分的视觉张力，有深厚的历史空间，更有民族精神与时代精神的辉映。

中国的山水，自古以来就是民族生存的伟大环境，是志士建功的广阔空间，更是精神境界的感情投射。深谙传统奥秘的画家，向来追求旺盛创造精神与大自然蓬勃生气的统一，表现屹立于岁月山河中的精神文化。在他们心目中，山水画不仅是奔跃的生命，是可爱的家乡，是和谐流转的秩序，更是充满民族自豪与文化自信的精神家园。

新中国成立以来，随着公共空间的发展，人民大会堂的兴

图18　张介宇《大漠胡杨》方壶楼藏

建，现实主义与浪漫主义相结合的《江山如此多娇》，标志着殿堂山水画进入了超越前人的重要历史时期，承担起对内讴歌中华大美进行爱国主义教育、对外弘扬民族文化精神的使命。新时期以来，无论首都和各地首脑机关，还是接待贵宾的宾馆饭店，都对殿堂画提出了与时俱进的要求，推动了殿堂山水画家的发展。而人民大会堂管理局在组织推动殿堂画的创作上，起到了十分重要的作用。

"殿堂美术"代表着国家形象，应体现主流价值，艺术水准也应是最高的。金色大厅是党和国家领导人接见外国政要和各国大使递交国书的重要场所，被称为人民大会堂"第一厅"。在金色大厅绘制《胡杨礼赞》，就不是一般地歌颂祖国山河的壮丽，更是赞颂中华文化的灿烂，彰显我们这个文明古国的精神力量，而且契合了时代精神，因为胡杨也是丝绸之路文化带的重要符号，能够传达"一带一路"共享机遇、共迎挑战、合作共赢和文明互鉴的精神。

胡杨艺术研究院成立，必将以"一带一路"为精神指引，加深对以胡杨绘画作品的研究，加强主题绘画的研究，总结绘画反映时代精神的经验，为呼唤人类保护自然，推进生态文明建设，推动绿色的发展方式和生活方式做出贡献！

发表于 2017 年 6 月 23 日胡杨礼赞研讨会
暨胡杨艺术研究院揭牌仪式活动

才女黄欢

——《万物》小引

　　我认识黄欢，是在她读博期间，因为是她的论文导师，故而时有接触。她读博以前，已在中央美院学习了十一年，由附中，而本科，而硕士，更成为首批实践类博士。在"两岸师生五岳行"的写生考察活动中，她的线描速写，引起对岸师生的由衷惊羡，纷纷抢着拍照，以作学习范本，给我留下了深刻印象。确实，其写生功力之深、线描造型之精，不仅得心应手，而且风格独具。

　　她的博士论文，写得也很突出，从大量作品出发，以分析和归纳的方法，辅以分类统计，考察了清代雍、乾、嘉、道一百二十余年间文士题材人物画的变化，准确地揭示出"个性化和诗意化的倾向"以及"理想化、怡情化、隐逸化、抒情性"的特征。既填补了学术空白，又提出了新的见解，纠正了"人物画自清衰落"的陈见。

　　她的绘画创作，当时在李少文先生指导下，积极探索，面目新颖，且对于古代人物写真的观察表现方法，已有深入的思考。她的毕业创作《人一鸟》系列，不强调线描，而突出色彩，色彩虽脱胎于古代壁画，但一点也不古旧，反而有些洋气。不仅如此，她更以人鸟幻化的独特方式，在人与自然的关系中，"穷神变，测幽微"，着力表现全新的心理感受与视觉经验。

去北京服装学院任教的十年来，她的中国画有了大踏步的进展。不久前，我看了她近年《万物》系列的图片，深感较之以前的毕业创作，似乎更多传统的"格法"与跨时空的情思，但又以新的观念"迁想妙得"，表现出难以言传的感悟和哲思。画中有历经沧桑的动物骨骼，有神秘张扬的女性人体，有飘动的彩带、穿行的藤蔓和盛开的花朵，却改变了相互间的比例，构成了超现实的世界。

论其造型与布局，鲜活而超妙，观其勾勒与设色，精严而自由。幅幅以壁画式的重彩，画出了生命的轮回、物我的转换、

图19　黄欢《六尘之一》方壶楼藏

天人的沟通。画中的境界，或如楚骚的浪漫，或寓佛国的庄严，在工而尚写的发挥中，表现了特有的悟解与衷心的敬畏。她笔下的万物，似中而融西，化古而开今，出世而入世，形成了鲜明独特的精神体貌，可谓瑰丽中显虚幻，恣意中见深沉。

黄欢的画，可以说有学有艺，技进乎道，风格卓异而旨在人文。虽然她以工笔重彩画在绢上，却有壁画的浓郁深沉之感，误以为来自敦煌的飞天，分明是不中不西的裸女。她画的并非佛画，却有藏传佛画的悲悯。看她的画，难免想起蔡元培的"以美育代宗教"，想起丰子恺的"艺术的最高点与宗教相接近"，在美育与宗教间寄寓精神遐想，或许正是她的人文旨趣。

原载于《万物——黄欢的画》，
湖北美术出版社，2020 年 8 月

著作序跋

王镛《寸耕堂匾额书法集》序

寸耕堂主人王镛先生，新冠之疫避居垄上，时书匾额寄情，跬步相积，已有数十幅之多。杏坛美术馆将刊行海内，以享同好。因得网络之变，传来方壶楼先睹为快，并嘱为序以襄盛举。

匾额书者，即汉许慎所称"秦书八体"之"署书"也。汉代隶变以降，晋卫恒曰："独符玺、幡信、题署用篆。"足见汉晋时代，题署之书居于庙堂高位。自汉至今，题署匾额，不断发展，由庙堂而民间，遍及城池、府衙、园林、寺观、宅第、斋号、堂名、商号。盖匾额之美，实合人文、艺术与实用为一者也。

此集中所汇匾额，字不过三五，而文脉传承典出有则。或采前人堂号，或化古诗名句，抒真情，尊高品，非独郁郁乎文，亦以载道修身，集历代圣哲之智慧，汇书画精英之文心。悬之厅堂画室，亦如座右之铭，有俾育德育美，正心诚意，体道而畅神。

寸耕堂书法，向取民间之朴野，融绘画之理趣，别开法门，从者如流。其匾额以篆隶为主，篆书尤多。率弃峄山僵化之程式，发诏版活泼之精神，得砖瓦文字之奇趣，更以行草入篆隶，以小字行草之题跋，衬托篆隶大字，小大相生，方圆互佐，动静相生，以"破体"合众妙，深得道在瓦甓之神解。

古人有云，匾额书法"宜为大字"。王镛先生书法，善以小笔写大字，而素倡"大、拙、古、野、率"。其匾额书，博大高浑，拙朴苍古，质野乎其表，文秀乎其中，苍厚寓萧散，真放在精微。此集一出，想求匾额书者，纷至沓来，铁限为穿，虽不免辛劳，亦大快事也。是为序。

原载《寸耕堂匾额书法集》，中国书店，2020 年 9 月

施永安《日本古陶瓷》序

施永安同志的《日本古陶瓷》即将在长春出版，这既是我国第一本介绍日本古代陶瓷的著述，又是我第二故乡的年轻学者的处女作。而且，前几年施永安还来到我服务的美术史系进修，我们又有着师生之谊。因此，听到他亲口告诉我这则消息的时候，我是十分欣慰的，也就不自量力地应允了写序的要求。

我虽然从未研究过日本陶瓷史，但也发生过兴趣。原因是，十余年前，我在长春的吉林省博物馆工作，在收集鉴选中国书画的过程中，经常遇到与中国风格不同的日本陶瓷。我发现，由于历史的原因，在长春流散的日本陶瓷有相当数量。可是彼时我的身边却没有研究日本陶瓷的专家，更看不到中国学者介绍日本陶瓷的论述。我曾想，如果有人利用实物参以日文著作加以介绍，一定有益于公私收藏和国际文化交流。可惜，我在攻读美术史系本科时没有学过日本陶瓷史，缺乏最起码的知识，又不能按照1965 年末王世襄先生函告的治学门径，从学习日本语开始，因为在"十年风雨"中学习外语是会引起误解的。当然也有另外一种途径可以获得日本陶瓷的知识，那就是向文物店的老师傅请教，然而我也没有抓住这个机会，所以回到北京任教之后，每每引为憾事。

可喜的是，曾经一度任职于吉林省古文物店的施永安同志，志学之年，风过雨歇，他不但继承了文物店老师傅鉴定日本陶瓷的经验。而且在工作中自学日本语、日本文化史与美术史。孜孜不倦，转益多师。毕三年之功，编著了上述的《日本古陶瓷》一书，完成了昔年我想做却没有条件做的有益工作。这是何等令人高兴的事！

很长时期以来，我国对外国美术的介绍，总以西方为主，偶见论述东方美术的书、文，也大多局限在绘画与雕塑方面。近十年来，随着新潮文化的活跃，更助长了言必称西方的劣习。我由于专心于中国美术史的教学研究，对忽视东方美术的现状，开始也未引起充分的注意。直到1988年，我奉派率团考察缅甸美术，才意识到这一问题的不容忽视。行前，我找遍图书馆，也不见一本中国人写作的缅甸美术史。到达缅甸之后，在那千塔之国中，居然也寻觅不到一本缅甸人自己编写的本国美术史著作，倒是在驻缅使馆中见到了日本人编辑出版的《蒲甘》。这一事例深深地教育了我。我想，在世界两大文化体系中，我国素来被称作东方文化体系的中心，可是为什么日本学者那么重视对东方国家文化艺术的研究整理，而我们这泱泱大国却没有做出应有的努力。在接触日本同行的过程中，我更深感，为什么日本学者对我国的文化美术传统居然如数家珍，而我们谙熟日本文化美术发展的专家却寥寥无几。这时，我已主持中央美术学院美术史系的工作。于是我征得上级领导和本系同人的一致同意，把外国美术史教研室一辟为二——西方美术史教研组与东方美术史教研组，以加强东方美术的教学与研究。

正在我注意东方美术学科建设的时候，1989年的一个春日，就职于伪皇宫陈列馆的施永安同志，不远千里，又一次来到北京。他和我说，在几任馆长的主持下，该馆已收集了大量的日本绘画与陶瓷，而且把研究展出上述藏品列为了本馆重点工作之一，并分配他担任此事有年。他还说，这次来京的目的，一是请专家鉴定藏品，以便确定真伪及其历史艺术价值，二是收集相关的研究资料。而这两项工作又都是馆长任万举为培养他增长才干与专业知识而积极安排的。听了他的介绍，我深深服膺老友任万举的眼光与魄力，当即带施永安去谒见东方美术史的泰斗常任侠先生，同时又嘱施永安去请教常老弟子曾留学日本五年的邓惠伯同志。工作是帮助做了，可忽视了人的因素，没有想到进修结业以后的施永安正在日本绘画与陶瓷方面锲而不舍地勇猛精进。这一则是我太忙，二则是施永安给我的印象太深刻了。在我的心目中，他的兴趣十分广泛，曾对书画鉴藏下过功夫，又喜临习古画，以资功力，还写得一手好颜字（以后则以篆隶见长），在治印上更是吉林省年轻一代的佼佼者。而近些年又一心钻入日本书画陶瓷中，这在我是不敢想象的。

然而，我的印象是远远落后于实际了。那一面之后不出两年，施永安又来北京看我。令人惊讶的是，他已完成了《日本古陶瓷》的初稿，洋洋十余万言，图片二百余幅。他说来京的目的之一是听取意见，继续收集材料，以便使这本书尽可能地完善起来。我提出一些建议后，便与他交谈起来。通过交谈，我才知道，这两年他在新老馆长的支持鼓励下，已经近乎"全其神专其一"地攻起日本陶瓷来。他以本馆的收藏为基础，利用出国访问、国内出差、购求征集的一切时机，扩大对日本陶瓷实物的认识，并博览群书，广泛请益。已过眼日本陶瓷六千余件，浏览有关书籍一千余卷册，搜集款识三千五百余件，制作卡片五千余张。他是以著书带动学习，以学习推动著书的。这种既有奋斗目标，又脚踏实地的精神，使他学用结合，边干边学，数易其稿，围绕着向读者提供日本古陶瓷知识的目的，同时也造就了自己。

去年年末，我因公来到长春，见到了施永安《日本古陶瓷》的修改稿。披览之后，我觉得这是部值得出版的著作，它介于日本陶瓷简史与日本古陶瓷鉴赏之间，既扼要地普及了日本陶瓷知识，又附有索引，为欲深入研究这一课题的人们提供了方便。毋庸讳言，作者不可能像日本学者那样占有本国流存的丰富资料，也不可能像日本学者那样了解日本陶瓷的前沿研究成果。但是，他却能立足于中国读者了解日本陶瓷的需要，以本馆藏品为基础，推而广之，尽可能地收集资料，按照本书面对中国多层次读者的宗旨，在日本陶瓷与日本文化、陶瓷史与瓷器鉴赏、中国陶瓷与日本陶瓷、基本史实与审美分析的联系上致力，条分缕析，深入浅出，又能利用本人书法文字学的专长，对款识进行了有效的分类研究与归纳。因此，在当前我国尚无同类著述的情况下，这本书不仅具有填补空白的意义，而且体现了作者从事学术研究的成果。相信他能持续不懈地深入钻研，定会在日本陶瓷乃至绘画等诸方面的研究上有更大的建树。

原载于《日本古陶瓷》，
吉林美术出版社，1992 年 12 月

历史与艺术

——《中国古代器物图典》代序

　　我带领几名中国美术史研究生赴长春实习，恰值刘萱堂、魏素兰、童志国用三年时间编绘的《中国古代器物图典》一书脱稿付印。刘萱堂、童志国是在文博界服务二十余年的美术工作者，刘萱堂现任吉林省文物考古研究所副研究员，童志国现任长春大学高级工艺美术师，他们具有丰富系统的历史文物知识。魏素兰从事工艺美术工作二十余年，现任长春大学高级工艺美术师，对于实用美书和传统工艺美术有深入的研究。也许由于我曾与刘、童共过事，易于了解他们的良工苦心；也许因为我从事美术史工作，不会忽视这部书可能产生的社会效果，所以，他们便把写序言的任务交给了我。

　　我国是历史悠久的文明古国，历代先民创造的灿烂辉煌的文化，在世界文化宝库中一直放射着夺目的光芒，大量的历代器物，凝聚了中国古代人民的卓越才能和独特的创造力。自从审美意识产生以来，人类制作的各种器物几乎全是实用与美观相结合的艺术品，具有高度的审美价值，可以说是一部浩瀚的艺术史，是当代艺术家们向传统学习的宝贵资料，是艺术创作"民族化"可循的"根"，是艺术创作"新、奇、拙"可学的"源"。读者在观览欣赏的过程中，见美而知真，由真而悟美，得到艺术的享受和启迪。

各时代的器物都反映了当时的政治、思想、经济和文化等诸方面状况，可以说，又是一部全面的历史，对于广大读者而言，它无疑是普及历史文物知识的形象教材，可以激发民族的自尊与自信，不知不觉地受到爱国主义精神的洗礼，甚至可以从器物的产生、发展、演变的规律中受到历史唯物主义的教育。

由于编绘者从事文博美术和工艺美术，养成了尊重历史事实的科学态度及实用和艺术相结合的观点。在编绘过程中，力求历史真实性、生活实用性与观赏艺术性的统一。唐代美术史家张彦远说过："详辨古今之物，商较土风之宜，指事绘形，可验时代。"这部图典虽不赅备万殊，但它基本包括了目前所发现的各种类型的器物。还有两个特点引人注目：一是系统性，按质地分类，以时代为序，同时代的器物又以形制、用途为别；二是科学性，每件器物差不多均注明时代、时期、名称、尺寸、出土地点和收藏处所。唯其如此，这部图典对于为弘扬民族文化优良传统而致力于历史题材的美术工作者、工艺美术工作者、舞台影视工作者以至文学工作者等都提供了可资稽考参用的可靠资料。如果他们不十分谙熟历史文物知识，那么，翻翻这部书，总不致出现相声家所讥讽的"关公战秦琼"一类的笑话了。

我翻阅书稿之后，忽然想到了李公麟画《考古图》的事迹，蔡絛《铁围山丛谈》记载："李公麟，字伯时，最善画，性喜古，取生平所得及闻睹者，作为图状，而名之曰《考古图》。"众所周知，李公麟是顾恺之、吴道子之后最享盛名的画家，但人们未必清楚他又是一名最早绘制古器物图的高手。可惜他的《考古图》早已失传，虽然如此，他毕竟开了绘制古器物图的风气。在他之后，曾出现了北宋刘敞请人绘制的《先秦古器》、吕大临请人绘制的《考古图》、王黼主持编绘的《宣和博古图》、南宋人的《续考古图》等。

以吕大临的《考古图》为例，此书将三十七家所藏的古铜器、玉器，由良工制图，并注明出土地点、收藏人氏、尺寸大小。应该说上述一批图谱，是我国最早的古器物图典。我不知道本书的编绘者是否受到了李公麟绘制《考古图》的激励，他们在许多画家热衷于以商品绘画走向世界，另些画家一意创新的情况下，肯于编绘未能穷尽英才的《中国古代器物图典》，这无疑是继承了李公麟肇始的另一种传统，是难能可贵的。说继承其实并不准确，因为还有发扬，宋代的古器物图都是以墨线作白描，而他们则以钢笔素描作图，所以，笔下古器物的形体、比例、空间透视、体感、质感的表现早已超越了古人。至于按器物门类撰写要言不烦的文章简介，又表明他们是向着画家兼学者的方向去努力的。

当然，作为一部图典，我以为还不能称为完备，如果器物的正图用彩色图版，附图作装饰纹样展开图、器物剖面图、俯视图。铭文传拓，尽可能多侧面、多角度、全方位地呈现每一件器物的整体与局部，收效会更佳、学术性会更强。但由于各种条件所限以及印制需费重资，这实在是一种奢望。

原载《中国古代器物图典》，
吉林美术出版社，1993 年 10 月

雏凤声清

——梅墨生《现代书画家批评》序

近 20 年来的美术论评，大略经历了两大阶段。从 80 年代的勇开风气，到 90 年代的务求深入，不知不觉中造就了两代学人。至今，不但 80 年代崭露头角的中年学者已成论坛主力，而且 90 年代脱颖而出的青年新秀，也日益令人瞩目。

梅墨生便是新秀中的佼佼者之一。他多能兼擅，通拳术，善岐黄，工书画，尤长于美术论评。比之留学西方的青年，他的"中学"更为优秀；比之院校培养的批评家，他的自学能力更为突出。他从事艺评是从书法批评开始的，稍后兼及中国画，更后则扩展到油画、版画乃至装置艺术等方面。随着评论范围的延展，梅墨生成了许多美术家的朋友，终于凭着真才实学登上了中央美院中国画系的教席。

我和墨生相识在 90 年代初期，虽交往不多，但他每出一书，差不多都送我一本。最早的一本是 1993 年出版的《现代书画家批评》，其厚积薄发，有胆有识，我当时就留下了深刻印象。其后，又陆续得到了他的《中国书法全集·何绍基》（1994）、《书法图式研究》（1995）和《精神的逍遥——梅墨生美术论评集》（1998），粗粗浏览，愈加感到他在治学上力求尽精致广，然而由于杂事踵接，我一直未能细读，也未发表观感。

最近，一家出版社打算再版他的《现代书画家批评》，同时编入近年未结集的美术评论文章，墨生为此征序于我。我也便在情不可却的特殊鞭策下，重读了《现代书画家批评》，初读了他提供我的部分文稿影本。几天下来，我对他治学的熟思敏悟有了更多的了解，也深感他在治书画批评之学上形成的特点是富于启发性的。

第一个特点，我看是重视把握民族艺术精神。20世纪的中国美术面临两大问题，一是古今转型，二是中西异同。浅学者误以为中国美术由传统转向现代，只能移植西方的现代模式。有识者则看到，西化论者忽视的书法艺术，既集中反映了中国艺术精神，又在尚主观非具象等方面与西方现代艺术不乏接近之处。梅墨生显然接受了后一种认识，他从书法入手由书及画的美术批评，由于洞悉了中国美术传统中的"畅神""写意"和"书写"等要义，不仅在对绘画的认知上突破单一写实主义的局限，也不主张为西方现代派、后现代派种种形态所牢笼，而是注意在美术批评中探索中国美术的现代而非西化之路。

第二个特点，可以说是重视学术批评的理论深度。美术批评因为具有实用品格，一不小心就会急功近利丢掉学术，过去曾出现以政治代艺术的政治化批评，时下又多见满足包装需要的广告化批评。即使在自称学术性的批评中，也久已存在两种不敢恭维的趋向。一种虽从事实出发，但稍事归纳，便作价值评估，少言成功之美，不究所致之由。另一种则从概念出发，自造理论，大胆演绎，硬套美术现象，不惜削足适履。梅墨生的书画批评，显然与上述两种偏向判然不同，对于仅在概念上标新立异的书画批评，他往往在著文中给以善意的商榷或积极的引导。对于一些令人忧虑的美术现象，如展览所导致的书法发展的单向度，他则借鉴西方文化学，从理论上尖锐地提出值得书法界反思的问题。对于现代书画家批评，他又比较注意在分析实际中使用对比的理论范畴。诸如阳刚与阴柔、雅与俗、尚法与尚意、蔬笋气与书卷气等等，实际上是自觉地借助前人理论思维的形式与成果以推动评论的深入。

第三个特点，我以为是有一定的历史厚度。美术批评的对象，主要是美术家的创作，这些创作又无例外地处于艺术的因革承变之中，必要的历史知识与美术史素养自然为从事批评所必需。然而十年以前，亦即梅墨生涉足书画批评的前夜，可能源于对西方视界的遽然打开，人们比较热衷于共时的横向比较和移植，殊少留意于历时的纵向的联系，经过中国画是否危机的大讨论之后，才发现不少问题早在二三十年代已被前辈美术家思考过并做出了回答。这种发现加上世纪末的临近，引发了研究现代美术史的呼唤。在呼唤声中投入书画批评的梅墨生，尽管主要兴趣不在现代书画史，但却首先在现代书法批评中注入了历史意识，扩展到画评之后更是如此。值得注意的是，他思考了现代书画史一些影响全局的问题，把握了书法中尊帖、尊碑与碑骨帖魂，书家书法、画家书法与学者书法；也把握了绘画中的传统派与中西融合派等与美术整体演进有关的线索脉络。这种努力在当时尚少有现代书画史著作问世的条件下，得以使批评的价值判断融入被历史经纬界定的真实存在之中，避免了平面化的浅薄，也避免了持论的空泛。

第四个特点，也是颇为引人注目的特点，是实事求是的理论勇气。从事现当代的美术批评，有易也有难。易在收集资料比研究美术史方便得多，甚至可以直接走访健在的美术家。难在非学术因素的干扰比较大，美术掌权者的好恶、宗派门户的恩怨、市场俗好的引导、尊卑长幼的名分，都会影响素质欠佳的批评者，使之在不知不觉中丧失明辨得失并验证名实的主动权，或只言其长不及其短，或独尊某家某派而贬抑其他，或言过其实虚誉诶人。梅墨生的可贵之处，在于侧身书画批评之初，即以兼容并包的胸怀、实事求是的作风、平等对话的心态，既在评论优长上以灵心妙悟阐幽表微，又以过人的胆识破除了为尊者讳为长者讳的古老习惯，坦率而真诚地指出了不足，为被批评者指出了努力方向，为欣赏者学习者点出了勿为浮名过实所蔽的问题。

虽然，努力与机遇使梅墨生成了 90 年代崛起于美术批评领域的翘楚，但是我觉得同一些以批评为专业的同辈人比，他在书画实践方面的造诣与潜力同样不容忽视。正因为这一点，他的书画批评文章才显露了不多见的艺术敏感和准确的直觉把握能力。不能否认，他在尝试社会学式的批评方面亦有创获，不过他比一般的社会学式的批评更能切入艺术本体的深处。在写作这篇可能误读的序言时，我想假如换一种境遇，梅墨生也许仍然可以成长为相当优秀的书画家，可是一本书的印行却不免增进他作为美术批评家的自我意识与使命感。一旦他用更专业的美术批评家的标准要求自己，他肯定会从善如流地考虑下述建议：更严谨而扎实地扩展美术史知识接受新的成果，更系统而深入地增进对西方有关学术的学术源流的整体了解，尽可能地掌握外语，并做几个讲求学术规范的个案研究。不过，雏风声清，那嘹亮的声音正在穿越时空，已是大家公认的事实了。

1999 年 3 月 31 日于中央美院美术史论系

原载于《现代书画家批评》，梅墨生著，

北京图书馆出版社，1999 年

探秘传统 金针度人

——关鉴《中国画十八谈》序

关鉴先生是著名的国画家，吉林美术界的才子，我四十年前的熟人，更是长春老同事老朋友高志武的同学。四十多年前，"文革"还没结束，大概1969年吧，上边要办"样板戏泥塑展览"，我们这些集中在图书馆里睡大通铺的"老九"中的美术青年，便被抽调出来汇聚到西安大路的省博物馆，一起战战兢兢地接受军代表对"臭老九"的训话，一起制作样板戏小型泥塑。大家当时都很年轻，大学毕业没多久，又都搞艺术，虽来自不同单位，但很快就熟悉了。关鉴与我同龄，来自吉林人民出版社，毕业于吉林艺术学院，专业是中国画。其人仪表堂堂而文质彬彬，感情充沛又有些腼腆，富于才情而不太显山露水，这就是他最初给我的印象。

稍后，我进一步了解到，在艺术学院的毕业生中，关鉴是佼佼者，毕业创作《知心人》和《杨占山家史》已经显出实力。他的专业基本功扎实，对生活充满热情，擅长艺术思维，创作能力又强，到上世纪70年代初，创作活力进一步发挥出来，已成为省里的青年美术骨干。当时我的单位是省博物馆，后又调到文化局美展办公室。随着博物馆成为筹办先进典型展览的中心，美术创作与美术展览活动的展开，我与关鉴的接触也多起来。他那件颇有传奇性的代表性作品《革命代代如潮涌》，以工笔重彩描绘知青下乡受到欢迎的热烈场面，构图开阔，基调欢快，成功地入选了《庆祝建国二十六周年美术作品展览》，从此声名远播。

20 世纪 70 年代后期，我回到北京工作，但直至 80 年代后期，我仍然时常回去探亲。每次回长春，都与高志武等老朋友相聚，几乎也都能见到关鉴，或者听到他的消息。他已经成为省里的美术中坚，先后调到吉林省美术创作室和画院工作，成为名副其实的专业画家。从 70 年代到 90 年代初，大家都通过反思"文革"，拨乱反正而正本清源，既接受西方现代美术的洗礼，又找寻中华传统文化的根脉。关鉴也无例外，他大胆尝试更多的题材，积极探索多种风格，更自觉地总结历史经验，思考中西文化艺术的同异，创作了不少作品。

一晃又二十年过去了，三年前中央文史研究馆为庆祝建国 60 周年在昆明举办文史馆系统书画展，我作为中央馆的馆员赴滇出席开幕式，与关鉴不期而遇。他退休后，也被省政府聘为文史馆的馆员，后来我因文史馆系统编写《地域文化通览》事宜，又出差去长春，再一次与他和高志武相聚。他虽已年近古稀，但创作热情一如往昔，理论思考的兴趣比年轻时更加浓厚。志武说他经常撰写美术文章，在同行的心目中，已经是画家而兼理论家了。去年，关鉴来电话说写了一本书，我因为杂事踵接，也没有顾得细问。今年，在共同友人高志武的帮助与催促下，我得到了这本书的章节目录和主要部分，并且高兴地接受了发表感想以代序言的邀请。

关鉴一生当过编辑，也当过专业画家，但没有当过教师，退休之后，他开始设帐授徒，培养中国画人才。他收的学生，身份不同，年龄不同，经历不同，基础不同，资质不同，修养也不同，为了在中国画领域"传道授业解惑"，他总结毕生的经验，集中进行深入理论思考。即将问世的《中国画十八谈》，便是备课的成果，围绕着中国画的教育论、本质论、创作论、笔墨论、神韵论、空间论、构图论、风格论、画家修养论、品格论、理法对立统一论、学习方法论，展开了繁简适当、深入浅出的讨论。讨论的问题，涉及了中国画的道和技、思维方式与表现方式、基础和创作、画内与画外、传承与变革，但不是教科书式的，也不像理论家那么死抠概念和逻辑，它是一本介乎于简明读本、教学讲义、感悟思索、经验总结之间的图书，却独抒己见，深入浅出。

书中第一谈"关于中国画教育的思考"，我看是阅读这本讲授中国画理法图书的钥匙。20世纪以前，中国只有画没有所谓中国画，西画传入中国，在美术教育上渐成主流形态之后，才有了中国画或国画的名称，以便与西画相区别。然而在西方强势文化的冲击下，由于缺乏自信，甚至以科学衡量文化，国画往往被

图20 关鉴《关东风情长卷》之"冬捕"

视为保守的画种，遭受不断地改造，处境比较艰难，这一切都反映在美术教育中，关鉴受教育的年代也不例外。虽然，从学生时代关鉴就是佼佼者，但是，他的专业基础偏于写实，他的创作思维较长时间偏于认识客观世界，在受到时代恩惠的同时，再聪明的人也不可能不受到时代的局限。可贵的是，他对这点十分清醒，而且早已纠正并加弥补，把自己最新的认识教给学生，如今又以十八谈的形式诉诸读者。

这本书的写作，站在新世纪的高度，反思中国画 20 世纪以来的正反两面经验，正如他所说："笔者已年过古稀，十六年的编辑生涯和五十年的绘画创作实践，积正反两方面的经验，弄清楚了一个问题：中西画之间虽都是造型艺术，但却是两个完全不同甚至是相反的绘画体系。工具自不必说，从理论基础，到认知理念、观察方法、处理手段，都无共同之处。"在弄清上述问题下，对中国画理法认识，已经去除了遮蔽，透视到内核，抓住了要害，谈出了关键。元遗山有诗曰："晕碧裁红点缀匀，一回拈出一回新。鸳鸯绣了从教看，莫把金针度与人。"关鉴不做那种绣花人，他的《十八谈》可称金针度人之作。

原载《中国画十八谈》，关鉴著，天津人民美术出版社，2012 年

王健《艺术巨匠·于非闇》序

20世纪以来，在工笔花鸟画领域中，于非闇是开宗立派的大家，也是京派绘画的重镇，门生众多，影响广泛。于非闇生活的北京，是元明清三代的首都，文化积淀丰富，艺术传统深厚，近百年来更出现了独具特色的京派绘画。京派、海派与岭南派绘画鼎足而三，从不同方面推动了中国画的发展。如果说，岭南派更多感染了民主革命思想，在艺术上折中中西，海派较多吸收了城市化的新机，在艺术上雅俗共赏，那么，京派的特点即是在传统的基础上与时俱进。

京派绘画肇始于"五四"之后，以"中国画学研究会"及"湖社画会"为中心，"精研传统，博采新知"，广泛吸纳京津的名家，创办刊物，造就人才，繁荣创作。新中国成立以后，京派画家的佼佼者，如齐白石、陈半丁、于非闇、徐燕荪、吴镜汀、王雪涛等人，纷纷成为北京中国画院的领导者和骨干，有效地促进了后半个世纪中国画的新变，对全国产生了积极影响。

然而，自上个世纪初以来，"全盘西化"的思想影响，革新者对民族传统认识的片面性，一些颇具影响的美术家对京派缺点批评的夸大传播，使京派被误解为"保守"的同义语。其中个别大师虽受到推崇，但京派这一绘画群体远未引起应有的重视。改革开放之后，情况有所改变，但研究工作相对薄弱，虽有研究京派社团的成果发表，亦有画家个案的研究进行，却远不及海派和岭南派。

为此，本人曾研究徐燕荪个案，并联系北京美协理论委员会同人，提出"开展京派绘画研究"的倡议，虽未获有关方面立项，但引起了同道重视。近年海内外不仅对"中国画学研究会"及"湖社画会"多有论文发表，而且在金城、陈师曾、陈半丁等家的研究上有较大进展。遗憾的是，虽然于非闇作为满族画家，曾是京派工笔花鸟画的领军人物，而且博学多闻，多能兼擅，自30年代至50年代，又一直活跃在京派的前列，是京派重要的代表人物，却尚无深入研究的论著出版。

令人欣慰的是，津门回族青年学者王健写成了《于非闇研究》一书，并且报考了我的博士研究生，从此我才知道他是天津老友何延喆教授的高足，何先生也已在指导学生研究京派。我不晓得何先生是否见过于非闇，我倒是见过，最早在1957年我上中学的时候，他应邀来到我校讲座。我的母校北京三中，老师中可谓人才济济，擅长国画者尤多，语文教研组长潘渊若毕业于国立艺专，语文老师张瑾是启功的学生，数学老师余宗泽是秦仲文的外甥，教务处的吴秉铎老师也善画山水。

不知道哪一位请来了于先生。那时，于非闇已是中央美院民族美术研究所的研究员、北京文联的常务理事兼美术组组长、北京中国画院的副院长，出版了《中国画颜色的研究》，有很高的地位、很大的影响。可是他利用晚上的休息时间来到中学生中间，给我们上了一堂精彩的国画欣赏课。他讲的都是宋人小品，记得有《村童闹学》《春游晚归》，讲得深入浅出、生动有趣、引人入胜。我对美术史发生兴趣，这堂课起了很大作用。

接着我在上高二的时候，考取了北京中国画院的周末学习班，见到于先生的机会多了，可是因为在人物组从吴光宇、马晋先生学习，还没有来得及向于先生讨教，就传来了他逝世的消息。他去世没几天，我去北海公园参观"首都第三届图画展览"，还看到了他的《牡丹鸽子》，悲痛之余，就在留言簿上题了一首诗，记得其中的两句是："艺苑珠沉倍怆神，和平鸽子尚凌云。"算起来，已经49年了。

也许，我们北京的学者，研究于非闇更有条件，但是王健君做了我们没能做的工作，而且做得很认真、很扎实。他从尽可能收集到的丰富的图像和文献材料入手，为此大量翻阅老书旧报，既在考证于氏史实上澄清了误说，又在时代巨变和个人曲折成长的联系上加以考察，把于非闇这个晚清秀才八旗子弟、这个浸透着京派文化的文化人，在废除帝制之后，从失去钱粮家产，跻身报刊专栏作家，逐渐成长为出色花鸟画家和50年代朝野闻名的北京画坛代表人物的过程，立体化地展现出来。他不但分析了于非闇复兴工笔花鸟画的途径和独特成就，而且阐述了他能够取得独特成就的原因，在纵横联系中透露了京派绘画的特色及其形成。

对20世纪中国美术的研究，特别是对中国画与时俱进的研究，缺环很多，方兴未艾。希图成家立说的学者，往往喜欢宏观纵论，空泛无根；急于事功的人们，又往往就画论画，言不及义，殊不知绘画乃是一种文化，文化又是在历史发展中积淀的。著名的美术史家滕固曾提倡从作品中抽引结论，诚然，一般存在于个别之中，任何富于真知灼见的一般性理论，都只能从认真地研究个别而获得。因此，从个案研究入手，对于致力于 20 世纪美术史的年轻学者而言，实在不失为必要的基本功。王健有此基本功，相信他日必可取得更大成绩。在《于非闇研究》即将出版之际，聊抒所感如上，就算作序言吧。

原载《艺术巨匠：于非闇》，河北教育出版社，2012 年 8 月

王泽庆《人民画家潘絜兹》序

看到美术史论家王泽庆同志《人民画家潘絜兹》书稿，令人欣喜！这是第一本系统介绍并研究潘老生平业绩的学术论著。全书共十七章。以潘老《学艺自述》为基础，讲述了潘先生童年时代钟爱艺术；青年投笔从戎，放飞梦想，远走敦煌，艰苦创业，跨海台湾；中年敦煌新著，创作等身，献身艺术，传薪播火；老年修复永乐宫壁画，临摹灵岩寺壁画，谱学新生，取精用宏，尊师重教，推崇大家，复兴年画，心系人民，出访美国，高瞻远瞩，艺术园丁，春蚕精神，艺术展览，奉献乡梓，美好心愿，推出画祖，筑梦中国，汉唐雄风。再现了一位爱国画家壮丽辉煌的人生。

《人民画家潘絜兹》抓住了潘先生在 20 世纪作为学者型画家的主要贡献，而他的贡献又紧紧联系着时代的机遇和挑战，对于近现代美术史研究颇有意义；能够把潘氏的创作与研究、办刊、主持画会活动、扶植晚辈俊秀结合起来考察，给读者以全面的了解，几者的结合正是潘氏的特点；善于把自己摆进去，叙述与潘氏往来，读之亲切可信；在写作上，眉目清晰，雅俗共赏，文字晓畅。

潘絜兹先生出生于1915年，经历近一个世纪。在这一个世纪中，中国经历了数千年未有之巨变，美术亦无例外。随着五四新文化运动对科学民主的倡扬，宋元以来水墨为上的文人写意画，特别是贬低行家院体的"南北宗"论受到批判，一方面中国画家睁开眼睛看世界，积极学习外国美术甚至融合东西。另一方面则通过向大西北寻根研究敦煌艺术以复兴汉魏晋唐传统，尤其是民间非文人绘画的工笔重彩传统。在近百年的美术史上，潘絜兹先生既是研究敦煌艺术、民间壁画、工笔重彩绘画的学者，又是在创作上善于发扬民间工笔重彩传统，并勇于借鉴日本绘画的画家。他维护传统的"正本清源"的主张，他对工笔画"笔工意

图21　潘絜兹《石窟艺术的创造者》中国美术馆藏馆

写"的见解，他提出的"大中国画"的胸襟，都充满真知灼见，产生了广泛影响。他作为中国美协理事兼中国画艺委会主任、中国当代工笔画学会会长、北京美协副主席、北京工笔重彩画会会长、《中国画》杂志主编，无论作为一名学者型画家，或者画家中的学者，还是兼有美术活动家、美术批评家与美术编辑家的艺术家，他都是顺应时代要求而贡献突出的代表性人物之一。

上世纪50年代，潘先生四五十岁之间，已经在美术创作，尤其是中国画创作、美术史论研究，特别是敦煌壁画的研究方面，取得了显著成就，而且成为研究与创作结合得最为成功的楷模。他对敦煌艺术的临摹与研究、对晋唐壁画的临摹和研究，收获反映在两个方面：一是1953年第一次全国美展中就有工笔重彩人物画《石窟艺术的创造者》问世，此画以精美的工笔重彩画法与西方的焦点透视相结合，把礼赞辉煌的敦煌壁画与讴歌其创造者工匠艺术家结合起来，在古代题材的人物画中以全新的主题复兴了唐代灿烂画风；二是筹备"敦煌文物展"，出版《敦煌壁画》《敦煌的故事》《敦煌莫高窟艺术》，还发表了不少美术史评论文章，比如《从国画的技巧看国画艺术的特色》（1956）、《永乐宫元代壁画艺术》《中国人物画杂谈》（1958）、《新的时代，新的花朵——试探建国10年来的中国画》（1959）等。

王泽庆同志从事文博工作已五十年，虽然身处基层，工作繁忙，却勤奋敬业，坚持美术史论及书画家研究，孜孜不倦，成绩斐然。半个世纪以来，他为许多书画家和民间艺人写了大量评论。已出版《王泽庆文博集》三卷本，被国家博物馆、图书馆、台北故宫博物院收藏。90年代他写的《徐悲鸿评传》获得业界和读者好评。曾应邀在北京市文物工作者培训班、徐悲鸿纪念馆、中央电视台《中国风》栏目、北京与山西几所高校讲学。他对古代壁画研究情有独钟，曾对吉林高句丽、库伦旗辽墓壁画、山西芮城永乐宫、稷山青龙寺、新绛稷益庙壁画进行临摹并写有论著。后来应邀参纂艺术学科国家重点科研项目《中国美术史》及《中国名画鉴赏辞典》《黄河文化丛书》等。80 年代他有幸结识了壁画专家、工笔重彩画大师、著名学者潘絜兹先生，成为忘年交和良师益友。《人民画家潘絜兹》是他献给潘老诞辰一百周年的心香。

潘先生说："我立志为复兴工笔重彩奉献一生，愿如春蚕，吐丝至死，锦绣炳焕，有蚕之功。发扬中华民族文化，是我毕生宏愿。"今天我们纪念潘先生，就是要学习他的春蚕精神，为繁荣美术事业、发扬民族文化，为中华民族的伟大复兴贡献力量。

是为序。

原载《王泽庆文博集》第四卷，
中国诗联书画出版社，2016 年 10 月

张烨《洋风姑苏版研究》序

    21 世纪之初以来，为了造就新世纪艺坛的领军人物，通过总结百年来的历史经验，一些美术院校开始培养创作实践类的博士研究生，要求他们在修完博士课程之后，既搞出毕业创作，又完成博士论文。中央美院相对起步较晚，但在院领导和学术委员会的决策下，也进行了这项艰难的探索，开始学生对写好论文不是信心很足，但在史论导师的指导下和专业导师的支持下，几年下来不少青年才俊完成了学业，不仅提高了艺术创作能力，而且写出了若干篇堪称优秀的博士论文。《洋风姑苏版研究》就是一篇当时颇受答辩委员会专家好评的论文。

    作者张烨在攻读博士学位期间，我受命主持造型艺术研究所前身研究生部的工作，与张烨也有接触，有机会参加他的论文开题和论文答辩。在我的印象中，张烨对木版水印套色法技术语言特点有深入的认识和良好的把握，能够在版画的限定与包容间寻找新的生长点，而且善于古为今用地思考新兴木刻对水印木刻发展的影响，在版画传统与当代文化的对接中探讨现代转型的条件与可能性。其博士论文所解决的东亚美术史上的问题，更使我感到其治学的勤勉和研究问题的深入。

我们多年来讲授美术史的人，对于明清两代，总会强调两个现象，一是木版年画的兴盛，二是西方美术通过传教士在中国的传播与中西合璧画风的出现。对于这种中西合璧的画风，既会讲宫廷卷轴画与拿到西方印制的铜版画，也会讲苏州桃花坞的版画，但只是介绍一般的情况，很少有人去深入研究，更不曾放到当时的国际大环境中去详加讨论，尤其没有人立足于传统版画的现代化问题，去思考古代版画的发展历程，它与整个中国文化传统间的关系、与西方文化艺术发生过的关系。

张烨的论文属于版画史研究，题目不大，但做得深入。通篇论文都是在研究被称为"洋风姑苏版"的这批作品。"洋风姑苏版"是张烨用来区别一般"姑苏版"的称谓，这批作品产地在苏州，生产时间在清代雍正、乾隆年间，特点是场面宏大、制作精致，受到西方绘画透视、明暗和排线的影响，并未在国内流传，主要收藏在日本，而且被日本学者视为苏州版画鼎盛期的代表，日本学者的上述看法已经产生了持久而广泛的影响。

张烨的研究，善于通过学术史梳理，找到值得研究的具体对象——"洋风姑苏版"这批作品。在实际研究中，他既能以版画家丰富的实践经验去发现题材、风格、刻版、成组屏条形式与印制中废版再利用问题，又能够以广阔的历史背景和开阔的学术视野去思考艺术传播中的西方与中国、中国与日本的关联。

于是，他把对中国版画史中特殊案例的研究，在意义上发展为对西方美术东渐史和中日美术交流史的研究。

这篇论文，给人印象最深刻的是对"洋风姑苏版"众多作品的细致考查，以及通过题材考查、拼接复原、联系有关记载，指出其为特殊的外销画，亦即外销日本用作屏风的版画。他对于"姑苏版"特别是"洋风姑苏版"的研究，又是尽可能全面、认真地涉及了题材与形式、西法的吸收与中国的传统、姑苏版画与苏州刻版印书业、艺术本体与市民文化、姑苏版的市场需求、洋风姑苏版与日本屏风、18世纪中日两国对西方文化的态度，还有17、18世纪欧洲的中国风与中国版画在欧洲、洋风姑苏版对日本绘画的影响等等。

在这全球化的时代，有一种跨文化研究的理论颇为时髦，这种理论的持有者常常把文化的传播看成被动的接受，往往忽视了下述道理：任何一种文化，都有其得以形成的环境、条件和文化传承关系，并且只有在这些因素中存在才有意义。但是，那种离开了历史条件与价值观念的时髦主张，显然简单化地理解文化的传播，显然在以一种抽象理论对待不同时空中的艺术，其认识和了解难免流于肤浅或仅仅停留于技术层面，甚至是一种想当然。张烨的论文，则找到了一种在历史实际中进行跨文化研究的可行途径。

他能够以小题目做大文章，力求把处于国际交流中的古代版画作品放回历史境况之中，细密探讨，深入分析，严格考证，适当推论。其以综合的方法，兼顾历史与现实、内容与形式、创作与流通、趣味与功能、生产与消费、艺术与社会、市场与文化、中日与西方、交通外贸与文化交流，扎扎实实地做学问，从作品和史实得出结论，因此取得了令人瞩目的成果。尽管他的研究还有发展空间，他的推论也有待实证，但毫不夸张地说，这篇论文完全可以媲美纯粹攻读美术史论博士学位的优秀博士论文，并且可以给人以思想和方法上的启示。

原载于《洋风姑苏版研究》，张烨著，

文物出版社，2012 年 7 月

张伯驹先生的文化活动与《春游琐谈》第七集

　　张伯驹先生不仅是著名的收藏鉴赏家、词人、京剧名票、京剧学者、书画家，而且是文化活动家。他的文化活动建树很多，我关注过两个重要活动，现在谈一谈，不是作为研究者去评论，而是作为见证人来叙述。顺便也报告一下第七集《春游琐谈》的有关问题。

　　两大文化活动之一是发起成立书法研究社。1956 年，我上初中三年级的时候，张伯驹与前清翰林、中央文史研究馆馆员陈云诰发起成立了新中国第一个书法组织——北京中国书法研究社，该研究社成立于那一年的 9 月 16 日，隶属于北京市文化局。不久就组织了书法比赛，我也入选了，所以印象很深。

　　现在看来，这个书法研究社的成立，意义非同寻常。因为 20 世纪以来，中国特有的书法艺术面临两大挑战，一是汉字走拼音化的道路几乎成为主流意识，二是软笔换硬笔、硬笔换电脑的书写方式之变。中国画人才尚有美术院校中的中国画系科培养，而书法人才的培养一度只能寄生在国画科系中。北京书法研究社，是在书法教育被边缘化的情况下成立的研究传承中国书法艺术的组织。

这个书法研究社，是中国历史上的第一个群众性的书法组织，是中国书法家协会的前身。它刚成立就组织书展，办讲座，奖掖后学，从孩子抓起，组织北京中学生书法比赛。我当时就参加了比赛，展览和颁奖由张伯驹亲自主持，地点记得在厂桥。这个组织为书法艺术的继承发扬做了许多卓有成效的奠基性工作，产生了广泛而积极的社会影响，赢得了社会各界及周恩来总理的赞扬，周总理还担任了名誉社长。

另一大文化活动是成立"春游社"，并且组织编印了众多学术精英参与的《春游琐谈》。张先生通过约稿，联系了众多的学者、专家。这些人中，有八九十岁的前清翰林、中央文史研究馆馆员陈云诰，民初国务院秘书长、历史家、文献版本学家卢慎之，北洋政府交通总长、新中国文史研究馆副馆长、北京中国画院院长叶恭绰，也有年轻的四十出头的红学家周汝昌等。

《春游琐谈》属于笔记杂著类的著作。笔记杂著古代就有，以随笔记录为特点，内容主要为：记见闻，辨名物，释古语，述史事，写情景，由分条的短篇汇集成书，但从来都是一家的著作，不是诸家的合集。这种文史体裁的著作在 20 世纪以来被边缘化了，不大有人写了，也淡出了主流文坛，很难有机会出版。

1961 年，张伯驹到吉林省博物馆工作，工作之余，他和当地学者于省吾、罗继祖等人，组织了"春游社"。之所以叫春游社，一是他收藏过《春游图》，二是他来到春城工作。春游社除去雅集，再就是并邀京、津、沪等地的一些学界朋友，分别撰写金石、书画、考证、词章、掌故、轶闻、风俗、游览等随笔文章，在 1961—1965 年间，陆续编成《春游琐谈》第六集，在北京油印印行。

张伯驹发起并主持的《春游琐谈》，不仅联系团结了各地的文史艺术专家，以编辑笔记刊物的形式推动了老一代精英学者的随笔写作，保存了大量的珍贵史料，特别是没有写入学术著作的口耳相传的文坛掌故和见闻，而且开创了多家笔记杂著合集的体例。

《春游琐谈》的自序自署壬寅，也就是 1962 年，应是第一集编辑过程中或编好后所写，以往人们根据自序的时间以为《春游琐谈》第一集印行在 1962 年。其实不对。我发现，每一集最后都有作者简介，一一注明别字、籍贯和年龄。第一集张伯驹自注年龄 66 岁，应该是虚岁，按他生于光绪二十四年（1898 年）计算，加上 65 岁，可知第一集编成在 1963 年。第一集印行后又陆续编成并且印行了第二集到第六集。按第六集作者简介张伯驹先生的自注年龄 67 岁，可知第六集编成在 1964 年，听说印出来已是 1966 年了。

图 22 张伯驹《春游琐谈》第七集封面

在 20 世纪文化史上，以上两事应该大书一笔。

我接触《春游琐谈》第七集在 1969 年，当时该书在吉林博物馆的专案组。专案组由军宣队领导，组长是搞历史的苏逸兰女士，“文革”前就是党支部委员。组员之一是出身贫农的刘振华，他毕业于北大历史系考古专业，也是 1965 年参加工作的，与我关系很好。刘振华发现第七集后，就把这个稿本拿出来给我看，我还抄了一些。他为什么给我看呢？说起来这与"文革"初批判张伯驹先生的时候把我顺带地触及了一下有关。

1965年我从中央美术学院美术史系毕业，因为只专不红，思想不纯正，被分配到吉林省博物馆。大四的时候，我被系主任金维诺先生推荐整理书画鉴定家张珩讲课的笔记，认识了奉命综合整理张珩遗著的王世襄先生。在去东北工作前，我来到芳家园，向王世襄先生拜别。王先生说，早听王逊先生说过了，那里的第一副馆长张伯驹先生是我的老朋友，我为你写了一封信，拜托张先生关照你，你先看一看，我随后寄去。我记得信里说："薛君永年毕业于中央美术学院美术史系，成绩优异，旧学亦好，倘加培养，可望有成。"

同年9月，我到吉林省博物馆工作，不久打听到馆长室在西安大路小楼，于是前往拜见。张伯驹先生说，已收到王世襄先生的来信，不过馆里早已安排年轻人随我搞书画了，你先按馆里安排努力工作吧。同时送给我油印本《春游琐谈》第一集和油印本《洹上词》等书。后来又同他谈过一次，是请教书法史。不久他就回北京了。

第二年"文革"开始，"横扫一切牛鬼蛇神"，张先生被从北京召回来，遭受严厉批判。我奉命抄大字报，不少都是批《春游琐谈》的。有一次开批斗大会，人事科长发言，把我也扫了一下。她说："有个大学生，由北京大右派介绍我馆给这个大右派，这个年轻人，你要注意呢。"

出于这个缘故，大家都知道了我与张伯驹先生的这层间接关系，以及我的爱好和专长。"文革"深入后，馆内学者虽然也批张伯驹先生，但是知道他有学问，虽然也批《春游琐谈》，但是知道《春游琐谈》的文史资料价值，所以才主动借给我有书画史内容的第七集，给我从事学术研究提供材料。

《春游琐谈》第七集是稿本，手抄在荣宝斋出售的瓷青封面元书纸朱丝栏本子上。封面有张伯驹先生题签："春游琐谈 七集上"，里面收入15篇文章，从字迹看，都是张伯驹先生手抄的，最后一篇《跋南园诗文钞》，好像没有抄完。从没有抄完的迹象和封面签条张伯驹先生所署的"七集 上"判断，可能还有文章没来得及抄录，甚至于没有抄录的文章还有一定数量，但已不知下落。

第七集的内容，与前几集基本一样。在《春游琐谈》序中列出的"金石、书画、考证、词章、掌故、轶闻、风俗、游览"八类内容中，只是金石与风俗没有文章，其他书画、考证、词章、掌故、轶闻、游览都有文章。书画有：《卡尔姑娘为慈禧太后画像》《秋林高士图轴》《元颜辉煮茶图》。考证有：《朱明镐〈史纠〉》《千元十驾非十架》。词章有：《名士循例文字》《樊山诗集跋》《跋南园诗文钞》。掌故有：晚清琉璃厂书商交结官宦的腐败案——《记清末厂贾李钟铭案》、科举制度乡试细节——《磨勘试卷》、晚清的尊经教育——《王湘绮与四川尊经书院》。轶闻有：宫廷秘闻——《慈禧太后之侄女》、锋利的谐谑文字谭概的续编——《谭概杂录》。游览有：《苏州寒山寺》。

第七集的文章中，张伯驹3篇，罗继祖（罗振玉之孙，辽史专家）3篇，恽宝惠（清末授陆军部主事、禁卫军秘书处长、北洋政府时任国务院秘书长、新中国任全国政协文史专员）2篇，戴正诚（著名诗人，先后供职于北洋及国民政府财政部，抗战中任县议会议长）2篇。其余陆丹林（早期同盟会员，诗人团体"南社"成员，先后主编许多文史和书画刊物，也是上海国立艺专、重庆国立艺专等校的教授）、卢慎之（第一次为《春游琐谈》供稿的当时已经90岁的卢慎之，是清末留日海归，法政科举人。民国初年国务院秘书长。后来专事历史研究，亦精通目录版本学）、陈莲痕、傅武野及跋南园诗文钞的不知名作者各一篇。

《春游琐谈》序中提到的在长春的朋友中主要作者有6人：于思泊（省吾）、罗继祖、阮威伯（鸿仪）、裘伯弓（文若）、单庆麟、恽公孚（宝惠）。第七集仍有3人提供文章：本人、罗继祖、恽宝惠。

我虽看了这本书，也抄过与美术有关的篇章，但没抄完，就还给了专案组。大约1969年冬或1970年春，张伯驹先生下放农村，不少馆员去了五七干校，我们搞美术的几名年轻人留下办展览。专案组即将解散时，组长苏逸兰就把几本《春游琐谈》包括第七集稿本交给了我，她说"对你也许会有些用处"。

我来北京读研究生随后留校直至1985年赴美国做研究员时家属来京，很多书籍仍然留在长春，举家迁京后一些纸板的书箱开始寄存他处，新世纪则存在地下室中。去年大水抢救地下室纸箱中的书籍本册，我才发现此书依然存在，只是略有水浸。我一直没有时间研究，已经出版的《春游琐谈》，只有前六集，现在就借纪念张伯驹先生诞生115周年活动之际，把该书第七集（上）稿本还给张伯驹先生的外孙楼开肇先生，也算是替已故的苏逸兰女士和刘振华先生等实现完璧归赵。

2013年1月1日写，2014年1月26日改
原载于《文存阅刊》（吉林省传记文学会主办）
2015第6期，总第10期

张震《"因画名室"与乾隆内府鉴藏》序

对书画鉴藏史的研究，历史不长，海内港台始于 20 世纪 80 年代之初，几乎与引进西方赞助人的方法同时。然而，鉴藏史的研究毕竟不同于赞助人的研究。后者研究同一时代中赞助人与艺术家及其艺术的关系，前者则研究官私鉴藏家对古今书画的鉴藏，鉴藏家与艺术家及其作品的关系远比赞助人与艺术家的关系复杂。国内书画鉴藏史著述较早的成果，是杨仁恺主编的《中国书画》和他后来写作的《中国书画鉴定学稿》，大体偏于知识性与概论性，涉及历来重要的官私收藏、各家鉴藏概况、鉴定的水平与经验、装裱与藏印的情况、记载收藏的著录等等。后来有了若干鉴藏家个案的研究成果，也有从赞助人角度开展的研究。

新世纪以来，在清代书画鉴藏史研究方面，刘金库的《南画北渡——清代书画鉴藏中心研究》，内容充实，视角新颖，别有所见。此书主要研究清初到清中期的官私书画鉴藏，也论及了乾隆内府，特别讨论了具有鉴藏谱系意义的《石渠宝笈》。值得注意的是，清代最大的书画鉴藏中心在内府，乾隆内府尤为兴盛。乾隆内府的鉴藏对象，虽也有当代书画，但主要是历代书法名画，所以很难套用西方赞助人的研究方法，而不能不用更适宜研究对象的研究方法。对乾隆内府书画鉴藏的专门研究，20世纪90年代以来已经有不少成果，大体可分三类。一类是综合研究，有硕士论文，也有博士论文，收效比较明显。第二类是专题研究，偏重于鉴定方法、藏品来源、对某家作品的鉴定。第三类是乾隆内府书画著录《石渠宝笈》与《秘殿珠林》研究。三类成果各有收获，但一致的不足是：重视书画艺术藏品而忽视鉴藏活动、鉴藏理念与文化功能，重视历史文献的研究而忽视档案与实物整体的研究。

以往国内外学者对书画鉴藏史的研究，往往从美术史的角度着眼，把书画鉴藏史的研究看成书画史研究的一个领域，其实书画鉴藏史的研究，还可以从博物馆学，特别是新兴的故宫学角度进行，或者把美术史的研究与博物馆学的研究结合起来。张震对乾隆内府绘画鉴藏活动的研究，正是在这个意义上开了生面。他从社会科学院考古研究所获得硕士学位以后，分到故宫博物院书画部工作。他一边工作，一边攻读书画鉴定与鉴藏史方向的博士研究生，一直在探索怎么掌握与鉴藏有关的美术史研究方法，怎样将这种方法与故宫学的研究结合起来；总是在想怎么以用促学、学以致用，进而在故宫学和美术史学方面有所建树。

他认识到，想要在前人成果的基础上，再深入一步地研究乾隆宫廷的绘画收藏，就必须在具体的历史环境与历史事件中研究皇帝主导下皇帝与词臣一起参与的鉴藏活动，通过把握鉴藏事件进而考察鉴藏功能、鉴藏机制与鉴藏理念。为了小中现大地揭示乾隆内府绘画鉴藏活动的内在联系，他巧妙地抓住"因画名室"确立的几个收藏处所，比如因得到董其昌收藏的几件名迹便在咸福宫内辟"画禅室"，还有以类似缘由分别命名的"四美具""三友轩""春偶斋""学诗堂"等，充分利用原作实物、内府档案、乾隆御制诗集、馆臣诗文集，由点及面地讨论乾隆内府的绘画鉴藏机制、鉴藏理念、储藏制度、品评标准、欣赏趣味等等。他的研究由于有具体的以斋室鉴藏为范围的考察对象，有宫外人不易把握的实物材料、档案材料，故而围绕他感兴趣的鉴藏机制与鉴藏理念问题，做得很细、很实，有材料，有看法，确有收获，确有突破。但是，从全面透视乾隆内府书画鉴藏来看，怎样有效地避免或弥补仅仅研究几个"因画名室"鉴藏活动的局限，怎样从那个时代思想文化政策的高度对乾隆书画鉴藏有更深入的论述，今后还有进一步发展完善的空间。因为我曾担任张震的博士导师，他的这本著作又是在博士论文基础上增改完成的，故而征序于我，我于是聊抒所见，即以为序。

原载《"因画名室"与乾隆内府鉴藏》，

张震著，故宫出版社，2016 年 12 月

评《中国油画五百年》

　　油画是不同于传统中国画的外来画种，过去谈起"中国油画"往往聚焦于 20 世纪这一百年。2002 年，由中央美术学院的两位学者赵力、余丁主编，湖南美术出版社出版的《中国油画文献》将中国油画的历史上溯至最早能够看到西洋画的明代嘉靖年间，连 20 世纪之前油画是怎么传入中国的相关史实和研究情况也注意到了，颇有新意。2015 年出版的《中国油画五百年》，在《中国油画文献》的基础上，由一卷增补、扩充至明清、民国、新中国、新时期和当代五卷，仅第一卷明清部分（1542—1911）的厚度就与 2002 年版本相当，资料更加丰富翔实，对于建立人们对于中国油画历史的完整认识具有重要意义。

　　首先，从油画创作角度来看，油画是从西方引进的画种，引进后逐渐生根、发展，以至于形成一定的规模，有了中国自己的特色，这个过程已经成为历史，有历史经验可以研究了。油画虽然还在发展，但也遇到了新的问题：面对当代艺术，如行为、装置、多媒体等，加上绘画成为多元之一。在这种情况下，思考油画的发展，就不能凭着感觉，而是需要梳理油画发展的历史，认真思考接下来的路该怎么走。《中国油画五百年》作为一部大型文献集，极大分量地汇集了包括文字、图片、口述整理等在内的文献。对任何画油画、关心油画的人来说，这都是一部便于了解、检索的工具书，为人们的研究和思考提供了较为全面、系统、周详的依据，有利于油画创作的发展探索。

其次，从做学问的角度来讲，《中国油画五百年》既是一部油画本体的编年史，又是一部油画研究的学术史，具有双重意义。比如，"大事记"记述了这一年中发生的油画相关事件，"文献"中就收录了对发生事件的相关研究。多年以来，学术界有对油画家的研究、有区域性的研究，例如对广州外销画和对上海油画史的研究，但是全面的研究几乎没有。《中国油画五百年》就是一部扎扎实实、认认真真、系统周详的基础研究成果，是一部油画编年史，因此具有填补学术空白的意义，同时也为以后的研究提供了方便。

《中国油画五百年》在学术史上的意义也许更大一点，自20世纪80年代以来，艺术史的研究越来越兴盛，投入的力量越来越多，艺术院校和综合大学都开设了相关专业。不仅美术馆、博物馆等研究机构，连媒体和艺术市场也都需要这方面的人才。怎么做学问，不仅关系着专家学者，也关系着大众艺术教育和审美素养的提升。近年来艺术史的出版物非常多，可是真正做好学问，还要从基础研究扎扎实实地做起。历史是一个有着发生发展的过程，因此就必须从编年开始。从编年来做艺术史，是把对历史的认识恢复到历史环境里的一个必要办法。如果把年份弄错，因果关系就拧了，因此过去做历史研究非常注意按年代时序排列，研究一个人要编他的年谱。但是相当长一段时间里，有一种错误的认识，认为编年史是传统的，已经过时了，现在研究历史必须要阐释历史。当然，想从不同角度阐释历史，有自己的态度、看法很好，但没有编年史的研究，阐释只能是空中楼阁。《中国油画五百年》的学术史意义就在于树立了一种扎扎实实做学问的榜样，一种尊重历史的榜样。

法国史学有年鉴学派，中国传统史学也有编年体。编年史有两个原则：一是宁详勿略，在有选择的基础上尽量翔实一点，不要轻易丢掉材料；二是要把材料砸实，需要对史料进行考证、鉴别。"史"与"论"之间的辩证关系一直存在，我们写论文要有问题意识、要有创新。但一些博士论文作者冥思苦想，脱离因果关系，找点零碎例子，说明自己的见解，往往就容易出问题：没做学术史，可能重复前人的研究；也禁不起推敲，别人举出反例就被驳倒了。有一种对历史写作，过于强调作者的主观性，主观性一定要有，才能区别不同视角，以史为鉴。但历史究竟不是现状，不是随便一个观点套到史料上都能成立，还是应该考虑历史时空，根据实际情况，有一分材料说一分话。《中国油画五百年》做了大量的史料整理工作，研究者无论是从油画本体着眼，还是从社会学角度出发，都能够在这部《中国油画五百年》中找到相应的材料。赵力、余丁两位教授带领青年研究者所做的文献和编年工作为后续研究夯实了基础，也为艺术史研究树立了一个重视基础研究的样板。

《中国油画五百年》还可以进一步丰富和完善，这里提出一点体例上改进的建议。《中国油画五百年》是编年体，应该按照年份顺序叙事。实际情况是有些年发生的事件较少，而有些年包含的内容又特别丰富。按照体例，每年的概述应当只能讲这一年发生的事件和研究，现在有的年份的概述是跨年去讲一个阶段（若干年）的情况，由于有些事件是在若干年内展开的，这样处理可能也不是不可以，但须在《凡例》中予以说明。

原载于《书评》，薛永年口述，阮晶京整理，2016 年 5 月号

赵琰哲《茹古涵今——清乾隆朝仿古绘画研究》序

　　仿古，在明清的绘画史上，是一个显著的现象。此前，中国绘画经过高度发展，树立了艺术的经典，积累了宝贵的经验。宏观地看，画家的仿古，除去应命复制古典作品之外，无外文化积淀的自觉，文化身份的认同，传统基础上的创造。仿古并不是拘泥古法，更非食古不化。仿古作品，绝不是对前人的简单重复，而是利用古代资源并且掌握古代经典体现的艺术规律进行借古开今的创作。画家对仿古的标榜，除去说明学有本原之外，更是以自己的创造向传统致敬。

　　清代的仿古，比较普遍，但不同的作者、不同的时期、不同的仿古对象，文化内涵亦有不同。清初，民族矛盾尖锐，文人画中的仿古，是一种坚守汉族文化传统的思潮。康熙乾隆朝以来，民族矛盾缓和，朝廷提倡学习汉族传统文化，绘画的仿古意识在某种意义上体现了民族文化的融合。不过，清初文人画正统派的仿古，对象主要是山水，仿的本质是演绎，是用演绎共性化的程式，发挥个性化的笔墨性情，对笔墨的关注与主观的表现成为演绎的中心。

而清代宫廷绘画的仿古，又是另一番景象了。对于清代宫廷绘画的研究，开始于 20 世纪七八十年代，其后日渐兴盛。除去研究宫廷绘画机构、制度、名家、重要创作活动以外，学者比较关注的问题，一是五四时代康有为就提出来的以郎世宁为代表的中西结合画风，二是具有歌功颂德性质的纪实绘画。对于清代宫廷相当大数量的以仿古形式出现的绘画，往往认为不是创作，绘画技巧不高，没有给予充分注意，虽有对个别画家仿古作品的研究，但几乎没有人从整体上去研究清代宫廷绘画的仿古现象。

70 年代初，我在吉林省博物馆工作时，收到一件非常精美的乾隆时期宫廷画家丁观鹏的《法界源流图》，著录在《秘殿珠林续编》中。这卷作品系奉乾隆皇帝之命仿大理国描工张胜温的

图 23　宋　佚名《人物》　册页　台北故宫博物院藏

《梵像图》，但乾隆皇帝认为原画在诸佛、菩萨、应真的前后位置上有错误，专门请藏传佛教大师章嘉国师订正原画中的讹误，让丁观鹏按照章嘉国师的订正来画，所以看似仿本的《法界源流图》，其实是乾隆皇帝章嘉活佛一起参与的再创作。其实，清代宫廷绘画的仿古之作，并非被动的复制，除去上述丁氏的《法界源流图》这一种之外，还有旧瓶装新酒一类，题材依旧，但立意已经翻新，甚至形象亦有所置换。

赵琰哲的硕士论文是《文徵明与明代中晚期江南地区〈桃源图〉题材绘画的关系》，在研究的拓展中她了解到，清代宫廷画家王炳也奉旨画过《仿赵伯驹桃源图》。她还注意到台湾画史专家对《清明上河图》清宫仿本的研究，注意到所谓清代院本的《清明上河图》不是复制宋本，而是再创作的明清风俗画。后来她又注意到乾隆朝若干有趣的仿古作品，在确定博士论文选题的时候，她逐渐趋向于研究清乾隆朝仿古绘画的新内涵。我支持这一想法。因为在我看来，在乾隆朝宫廷内外，文人和职业画家都有不少自题仿古的绘画，表面上是标榜学有渊源，实际上是古中有今，古中有我，古意今情。

赵琰哲对乾隆朝仿古绘画的研究，不同于前人之处，首先在于整体性。她力图厘清乾隆朝仿古绘画的整体面貌及其在整个宫廷绘画中所处的位置，既研究人物道释画的仿古，也研究山水花鸟画的仿古，还联系了园林器物工艺方面的仿古。她特别注意考察乾隆朝的宫廷绘画为何仿古？仿什么古？怎样仿古？弄清仿本的转换与创造、仿本体现的意图、实现的功能。进而思考乾隆皇帝的仿古观念、这种仿古观念的本质。为此，她充分利用了清宫造办处的档案、乾隆朝存世的宫廷仿古绘画以及所仿的收藏在清宫的原本，清宫的绘画著录《石渠宝笈》与《秘殿珠林》，清代乾隆的题画诗。不仅申请调阅了北京故宫博物院的藏品，也专程赴台申请调阅了台北故宫博物院的有关藏品。

她对清乾隆朝仿古绘画的研究，不但从大处着眼，而且从细处入手，不仅关注宫廷画家的仿古之作，也注意到乾隆皇帝亲自动手的仿古作品。她力求按题材分类选取典型案例，一一剖析，试图在复杂而生动的历史语境中去探索乾隆朝仿古绘画的具体目的，透视作品的深层内涵。最有意思的是，在偏向于文士题材的仿古画作和偏于宗教题材的仿古画作中，她指出院画家居然以乾隆帝的真实肖像代替古画中的文士或佛菩萨形象，进而通过解析画面真实与虚拟的结合，讨论身为满族的乾隆帝在仿古作品中变为古代汉族文士和天国菩萨，实现了想象中多重身份的转换，既体现了乾隆皇帝穿越古今与跨越佛国俗世的帝王胸怀，也透露了这位"寰中第

图24　清　佚名《是一是二图》故宫博物院藏

一尊崇者却是忧劳第一人"在林泉中寻求心理补充的内心世界。

在仿古山水画和仿古花鸟画中，特别是乾隆内府收藏的个别园林作品，赵琰哲通过对该园林遗存的视察，亲笔仿该园林之作，还有她在现实园林营造中对该园林的仿建，通通联系起来，进行综合考察，讨论乾隆帝"移天缩地在君怀"的仿古观念。她又通过乾隆皇帝亲仿前代岁时吉祥题材的花鸟畜兽作品，联系其撰写的相关文章，探讨乾隆皇帝心目中节令绘画与节令、灾害和祈福之间的复杂关系。最后，她在之前个案分析的基础上，也探求了乾隆朝仿古画在风格、模式、功能上的特点及其出现的深层原因。特别讨论了乾隆仿古观念。指出仿古画作中既有传统画法的体现，又有海西线法的运用，但"不要西洋气"，并树立了"以郎之似合李格"的画院新风。

不能说赵琰哲对乾隆朝仿古绘画的研究，已经十分充分，但她具有敏锐的问题意识，她对所讨论问题的回答，资料翔实，有分析、有例证的，所以在认识清代乾隆朝仿古绘画问题上突破了前人，为认识清代宫廷绘画的丰富性、为了解乾隆皇帝以仿古绘画形式体现继承汉文化的正统方面，都提供了有益的启示。赵琰哲也注意到，乾隆朝宫廷的仿古，并不局限于绘画，在书法、缂丝、玉器、瓷器方面也有所表现，这种在仿古中实现的不同材质的转换，更从视觉文化和物质文化角度探讨了仿古这一现象背后的文化意涵。赵琰哲博士论文经过两年多的完善即将付梓前征序于我这个昔日的导师，于是略述所感以为序。

原载《茹古涵今——清乾隆朝仿古绘画研究》，

广西美术出版社，2017 年 10 月

《历史与现状：首届青年艺术理论成果评选与研讨会论文集》前言

　　理论与创作是美术的双翼，美术的繁荣发展，离不开振奋人心的作品，也有赖引领前行的理论。当代中国正经历着历史上最为广泛而深刻的社会变革，这是一个需要理论而且一定能够产生理论的时代。体现中华文化精神血脉和时代精神的美术理论，既需要薪火相传、丰厚积淀，也需要与时俱进、推陈出新。

　　中国美术家协会美术理论委员会，作为美术学界的专家智库和团结同行的桥梁和纽带，肩负着推动中国美术发展和持续提升学术水平的责任，一向把团结老中青美术史论批评家视为自己的职责。新世纪之初，即积极建议中国美术家协会承办表彰老一辈卓有成就的美术史论家的活动。自 2004 年开始，四年一次，已经分三批承办了表彰 75 位卓有成就的美术史论家的活动，编辑出版了三册由他们自选的论文集。

　　这些受到表彰的老一辈专家，是现代中国美术史论批评事业的建设者和开拓者，尽管被表彰时都已超过 75 岁，然而他们在专业领域大多英才早发。远在中华人民共和国成立后的五六十年代，也就是他们三四十岁的时候，已经在美术教学、美术研究、美术新闻出版方面发挥了重要作用，并且在其后的工作与教学中为培养新一代美术学学者付出了辛勤的劳动。

改革开放新时期以来，随着美术事业的蓬勃发展，高等院校的扩招和硕博士的持续培养，青年美术史论批评人才与日俱增，已经在院校、美协、画院、美术馆、博物馆、拍卖行、基金会、研究机构、出版单位工作，成为美术理论事业最敏锐、最活跃的生力军和后备力量。不但如初日春花，昭示着光辉的未来，而且也需要阳光雨露，以获得健康茁壮的成长。

为推动美术事业的发展，"融铸中国气派，塑造国家形象"，中国美术家协会第三届美术理论委员会成立伊始，便着手搭建可持续发展的平台，计划定期举办高端论坛，在研讨新问题和迎接新挑战中，提高理论的自觉性、增强文化的自信力，构建当代中国美术理论体系和价值标准，以承担起"为中国美术立言"的历史使命。在继续承办表彰老一辈卓有成就的美术史论家的同时，也把评选青年美术论文和举办青年美术论坛纳入了"为中国美术立言"的规划之中。

为促进青年美术史论批评家的颖脱，发挥和扶植年轻的美术理论人才，美术理论委员会从 2014 年初开始酝酿定期评选青年美术理论成果并举办论坛。同年"20 世纪京派、海派、岭南画派的艺术生态与时代内涵——2014 年度中国画学研讨会"在广东美术馆举行期间，美术理论委员会与热心此事的中国美术家协会副主席、广东省文联副主席许钦松先生，广东美术馆前馆长罗一平先生达成了合作承办的一致意见。

双方商定，首届青年艺术理论成果评选与论坛的召开由中国美术家协会与广东省文联主办，由中国美术家协会美术理论委员会、广东美术馆承办。其后，中国美术家协会美术理论委员会副主任梁江和副主任尚辉代表理论委员会，罗一平前馆长代表广东美术馆，共同承担起策划论文评审、落实经费赞助、设计评奖方案、规划论坛研讨、拟文上报主办单位等各项事宜。在落实经费方面，许钦松副主席给予大力支持，罗一平前馆长做出了有效努力。

这一活动在 2015 年经上级批准并最终落实经费后，在 2015 年 5 月正式启动。根据上级精神，本次活动不再进行评奖，只评选收入首届青年艺术理论成果论文集的论文，同时结集出版，并在此基础上评出有代表性的优秀论文，在出版后举办论坛。为了保证论文质量与工作效率，采取了推荐与评选相结合的办法，推荐由中国美术家协会美术理论委员会委员，各省、市、区美协，各高等美术院校进行，要求被推荐的青年作者在 45 岁以下，其论文近五年内已公开发表，推荐者填写推荐表，提供作者的单位、职务、职称、专业擅长与获奖情况，并写出 300 ～ 500 字自我介绍，作为评选的基础依据。

论文的推荐工作在 2015 年 12 月完成，共收到推荐论文 164 篇。根据计划安排，在 2016 年春秋之间，由中国美术家协会美术理论委员会与广东美术馆带领工作人员，首先一一核实推荐论文是否符合参评条件，继之对论文进行分类，组织相关专家学者，以通讯评选的方式，开展论文的初步筛选工作，经初步筛选共有 116 篇论文进入终评。终评由理论委员会内外十二位著名专家组成评审组，由中国美术家协会美术理论委员会副主任尚辉和广东省美术馆协会罗一平会长主持，在王绍强馆长的支持下在广东美术馆举行，最后106篇文章入选《历史与现状：首届青年艺术理论成果评选与研讨会论文集》。其中，有21篇论文被评为优秀论文，这21位论文作者获邀参加"历史与现状"首届青年艺术理论成果学术研讨会。

这批入选论文不但涵盖了古今中外美术史、美术理论、现状研究与美术批评，而且扩大了研究视野，开拓了新的研究领域，注意了学科跨界与交叉，关注了文化的交流与影响，尝试了新的研究角度和新的研究方法，涉及了与传统美术史概念相关又有所不同的非物质文化遗产研究、视觉文化研究，也思考了国家形象塑造问题、新媒体语境问题、生态环保题材问题、知识产权与民间艺人问题、艺术基金会问题等等，比较集中地反映了青年美术史论批评家近年研究的新成果与新态势，体现了美术史论批评的拓广和加深，反映了青年美术学者发现新问题的敏锐，吸收新知识、探索新经验的努力。

这批论文，尽管并不是都很完美，但显示了青年美术学者在全新历史条件下，对中国美术传统及其创造性转化与创新性发展的关注与思考，对立足本国实际在文明互鉴中吸收域外有益的理论观点和学术成果的积极探索，展示了丰富而多元的学术研究取向。在不久以后即将举办的"历史与现状"首届青年艺术理论成果学术研讨会，青年美术学者必定会在前辈专家的指导下，进一步围绕论文集中的重要问题，展开交流，深化讨论，而几年一次定期举行的美术论文评选和论坛，将会成为凝聚青年美术理论学者推动美术理论建设、探讨美术理论专门问题的主导性会议。我们期望，青年美术理论工作者增强文化自信、文化自觉，立时代之潮头、通古今之变化、发思想之先声，积极为祖国述学，为人民立论、为中国美术立言，担负起历史赋予的光荣使命，不断推出新的成果。

原载《历史与现状：首届青年艺术理论成果评选与研讨会论文集》，广东人民出版社，2017年10月

唐吟方《艺林烟云》序

当代的艺术学界，新手辈出，新作甚丰，成果脱手亦快，往往大块文章。据说一旦有了选题，便以关键词检索的方式，通过网络平台或电子图书收集材料，收效快，斩获丰，极大地提高了速度。但是未免失去了传统做学问的从容不迫、细密精审与举重若轻。

传统的书画研究，总是要大量地阅读，大量地考察，从容地积累，进入被研究者的历史时空，感受被研究者的精神世界，在作者与时代、风格与世变、内容与形式、功能与趣味、创作与鉴赏、流通与收藏的关系中积累爬疏，探索固有而非臆造的内在联系。有些成果，并非鸿篇巨制的专著，而是吉光片羽的笔记。

我上大学的时候，就在《香祖笔记》中，看到不少清代美术史料，后来在博物馆工作，对民国北方收藏家的最初了解，也得益于张伯驹主编的《春游琐谈》。不少有关诗词书画、金石古董的笔记，写书画人物栩栩如生，论艺术奥妙深入透辟。80年代，金维诺先生就曾让我去请启功先生来给研究生同学讲讲"笔记与美术史研究"，以期从另一侧面获得历史的智慧、文化的积淀。

笔记体的著作，既是积学的方式，也是片段的研究成果。古人说，"积学可以致远"，读书也好，看画也好，访古也好，得益于友朋的多闻也好，只要处处留心，一点一滴地积累，学问就一定会做得扎实精致而别有所见，可以向专著发展，也可以直接问世，既佐谈论之助，也为别人研究提供生动丰富经过初步审辨的资料。

毕业于中央美术学院的唐吟方，属于"60后"的书画家，因出生在人文荟萃的浙江海宁，早得桑梓名宿指点，又多年工作于《文物》杂志与《收藏家》杂志，有机会广泛接触艺坛名流，了解艺林掌故，熟悉书画趣闻。也许受郑逸梅《艺林散叶》的影响，多年以前就出版了《雀巢语屑》，记载艺林的所见所闻，文

图25　唐吟方《书斋清供》方壶楼藏

词简练，叙事生动，缤纷多彩，趣味横生，早已脍炙人口。

近年，他又写成了《艺林风云》，时间跨度，始于民初而终于当下，内容范围，囊括书画金石鉴藏流通，旁及诗词文史。有掌故，有趣闻，有鲜活的人物剪影，有生动的故事情节，有名人对工具材料的选择，有时风流转的叙说，有明人楹联的杜撰，有作伪秘辛的揭露……不乏宝贵的经验，多有珍贵史实，记述风趣，观察精到，有所褒贬，可谓集史料性、知识性、欣赏性、趣味性、线索性于一体的笔记体艺文著述。

前些时间，唐吟方以此书征序于我，寄来了部分书稿。翻阅之下，发现所述《竹刻小言》油印本，恰巧舍下也有王世襄先生所赠一册。书中还述及了我题"仰止"二字的游寿书李峤及何延之一表一记的卷子，因此颇感亲切。不过，书中所谓上世纪八九十年代，我应邀为画家著文，总期望有代表性作品答谢，其实那只是一种愿望，所获无几。正好借此机会加以说明。拉杂写来，是以为序。

原载《艺林烟云》，唐吟方著，
广东人民出版社，2017 年 8 月

《张大千艺术圈》后序

我是教美术史的，80年代以来，时常参加当代美术活动，于是认识了包立民先生。包立民与我同龄，毕业于复旦大学中文系，取名立民，先以为意在"为生民立命"，不愧是包公的后代，后来见到他一方图章"立在民中"，才知道他与张横渠站位不同，强调自己就是百姓的一员。那时，他在文艺报副刊工作，已是中国作家协会的作家了，但围绕工作需要，积极参与美术活动，热情结交美术朋友，不但撰写美术评论文章，而且一直以实际行动搭建美术史与传记文学的桥梁。

他搭建这座桥梁，起步于编著艺坛《百美图》（初版1997年），而突出的成就在于张大千研究与写作，成了大家公认的张大千专家，他写过《张大千的艺术》（1987年），但最让人不愿释手的是《张大千艺术圈》。如今年青一代未必熟知的《百美图》，邀请老中青美术家作自画像，由他一一配文，以生动幽默的笔调，要言不烦的事迹，描写各家的性格、癖好、成就与遗闻逸事，也有些褒贬。后来，顺应读者的需要，百美拓展到三百以上，人选也增加了戏剧家、作家、诗人、电影导演等，可见他秉持"大美"观，心目中的美，不限于作用于视觉的美术而已。

由于编著《百美图》，他结识了众多画家。在老一辈画家中，不乏张大千的学生和朋友。大千的学生如刘力上、俞致贞夫妇，使他了解到不少大千的趣闻；大千朋友如叶浅予，成了持续推动包立民研究写作张大千的力量。大约从80年代初张大千逝世之后协助身为中国美协副主席的叶浅予筹办张大千座谈会开始，他就一步一步地走近了张大千，进入了一环套一环的张大千艺术圈。

他走近张大千的途径，一是耳闻，即来自大千友人和门生的叙说。二是文本，有根据耳闻的写作，有见于旧报刊的文章，也有相关人士的著作，还有大千的诗文书信，包括大千画上的题跋。对于种种文本，他做过系统的梳理，合编有《张大千年谱》（1988年）、《张大千诗文集编年》（1990年），自编有《张大千家书》（2009年）等。不难看到，在走近张大千的过程中，他并不忽视艺术作品，但更重视人物与故事，研究画家这个活生生的人，摸透他的脾气禀性、他的学养爱好、他的阅历交游、他的生存环境与生活方式，特别关注于他的友朋往来，也就是张大千的艺术交游圈。

《张大千艺术圈》大体以时间为序，写了他与二十多位师友的交往，其中有学者、诗人、画家、名伶、名媛、摄影家、收藏家、军政要人、异国女友。人各一篇，既写大千，又写友人，花叶互衬，相映生辉。不但有故事，而且有资料，通过人际关系，写出了大千的多彩生活与情感世界、他的待人接物、他的聪明智慧、他的艺术造诣、他对同行友人的看法。说到对同行友人的看法，包立民注意了不同侧面，不但写出了褒贬，并且有分析，有理解，绝不简单化。比如写张大千心目中的齐白石，既有大千对白石节俭的微词，又有大千对白石指正其观察生活疏忽的佩服。包立民以大千的生平与艺术为核心，在友朋交往中，展开了大千生活的文化环境与文化生态，不仅显现了"人的本质是社会关系的总和"，而且有利于在环境与个人的关系上知人而论艺。

写人物传记，最早的典范是《史记》列传，较近的传记文学大家，便是包立民的老师朱东润。可能由于包立民厚实的文学功底，又继承了传记文学的传统，所以《张大千艺术圈》写人写事，鲜活生动、情趣盎然，描摹口气，如闻其声，揣摩心理，深入妥帖，显现性格，如在目前。其中《张大千与春红》一篇，尤其绘声绘色，形神兼至。值得注意的是，包立民在描写人物时，既注入艺术品鉴，也结合了史实考证，甚至挖掘历史现象后面的真实。张大千与徐燕荪的笔墨官司，在原版《张大千与于非闇》一章已有生动叙述，但没有涉及幕后的策划，随着他掌握材料的增多，这场"苦迭打"官司背后的商业运作也弄得一清二楚，在得到启功有关序跋的佐证后，他在最新版中补写了《张大千与徐燕荪》。这也说明，包立民追求生动性与可信性的结合、学术性与趣味性的统一。

他深知，传记文学不同于小说，所写人物和事件必须符合史实，不能虚构，而大千的逸闻逸事不少来自他这个四川人的"龙门阵"，来自他个人在不同时间不同情况下的叙说，在口耳相传中又难免会讹误。一些文本的记叙，也会因种种原因失载或不周。所以，他固然重视传闻，但绝不忽视历史文献，尤其重视考证，自称不是"有闻必录"，而是"有闻必考"。在《张大千·李梅庵·曾农髯》之后所附《关于张大千拜师》，在《张大千与谢玉岑》之后所附《关于谢玉岑"病中托弟"说》，都以周密的考证，在众说纷纭中，恢复了历史本来面目的细节真实。在最新版中，又增补了《无处求疑处求疑的拜师新证》，以充分的论据，证实了张大千拜师的确切年份。《大风堂门人小记》不仅考察了被《大风堂同门录》（1949 年）遗漏和除名的门生，而且补充了大千出国后收进的弟子，并附李秋君题署的《大风堂同门录》。这说明，包立民不仅严守传记文学符合史实的原则，而且也做了美术史家的工作。

在文学与美术史的结合上，包立民充分发挥传记文学之长，也尽可能地从美术史方面致力，不单考证，还有所品鉴，寓评于述，知人论世。整体地看，《张大千艺术圈》是很有特色的，是很有看头的文学作品，也是很有学术性的画家传著作。但如果苛刻要求，还不能说其已经尽善尽美，比如从体例而言，就存在两种不同体裁的篇章，大多数近于传记文学，少部分更像美术史文章。旧版中的《张大千的去国与怀乡》、最新版中的《成也子杰，败也子杰——张大千进军巴黎艺坛前后》，都属于后者。然而，这种特点正反映了作者的跨界，也对我们美术史界的研究与写作多有启发价值。

近些年来，美术史界的著作汗牛充栋，不乏问题的讨论，也不乏材料与见解，但读起来不是过于思辨，就是比较枯燥，而且受学位论文模式的影响，形成了某种八股，往往无意进入历史情境，不大研究有血有肉的艺术家本身，很难引起外行读者的兴味。我想，如果想使美术学术著作走向大众、发挥美育的效能，自然要重视作品，同时也不该忘记"风格即人"，倘若在文学与史学的跨界中考虑写作方式，包兄之《张大千艺术圈》，适足以提供"立在民中"的有益启示。

原载于《张大千艺术圈》，生活·读书·新知三联书店，
2019 年 3 月，编者改题为《序言：风格即人》

杨一墨《指头画谱》弁言

　　画谱，是中国画特有的著作形式，历史上有两种，一种以文字系统记录收藏，如《宣和画谱》；另一种以图说谱系传授画法，如李衎《竹谱》。晚明清初以来，随着名画鉴赏和画法传授需要的扩大，木版印刷的兴盛又提供了方便，于是出现了若干名作画谱和课徒画谱，前者如《顾氏画谱》，仿刻历代名画家的绘画作品，以供系统鉴赏参考；后者如《芥子园画传》（亦名《芥子园画谱》），根据李流芳的课徒画稿增补扩编而成，系统整理师徒传授的经验，以便学习。

　　大量的画谱来源于课徒画稿，课徒画稿又丰富了新编的画谱。自古及今，只要学习传统中国绘画，都离不开两种图文并茂的教材，一种是已经刻印出版的画谱，以《芥子园画谱》影响最广；另一种是手绘或印刷的课徒画稿，最突出的是《龚半千课徒画稿》。两者都以图为主，配以文字图说，在美术院校出现之前，画谱是师徒传授的主要参考书，在美术院校出现之后，不同的画谱依然在不同程度上发挥着中国画教材的作用。《荣宝斋画谱》

就是很有影响的出版物。

以课徒画稿为基础编写的画谱，不同于一般教材之处，在于分门别类、循序渐进地传授画法，在画法传授中特别关注中国画变现实为艺术的提炼方法。围绕中国画的提炼方法，李可染曾经指出，中国画从来不与照相机争功，距离实际生活很远，是一种具有高度加工的艺术。石鲁指出，这种高度的加工表现为程式法则。确实，中国画的造型，不脱离现实但更重视主观感受，妙在似与不似之间；提炼造型的程式，受书法思维的影响，更重视意到笔不到的指示性与"点画随心""心与道合"的书写性。

中国人总是说"十指连心""得心应手"，书画家也最爱讲"书为心画"和"画为心印"，然而古今画谱虽多，却少见图文并茂、系统全面的《指头画谱》。究其原因无外两个，一是指画独立成科并形成画派是在清代，没有笔画历史悠久。二是自清代至近现代，不少指画名家都以笔画名世，指画是副业，极少人考虑为指画传授著书立说。改革开放以来，中国写意画在复兴中的开拓，指画就是一个方面，而指画的发展中心，便是指画创建者高其佩的故乡铁岭。编写《指头画谱》的任务也就历史地落在杨一墨的肩上。

杨一墨原来是开原人，自青年时代考入铁岭师范接受美术教育，便移居铁岭，毕业后一直工作于此。他自幼喜爱书画，新时期之初醉心书法，卓然有成，随后立志研习指画，复兴铁岭的指画传统，经过对高其佩有专门研究的文物大家杨仁恺的指导，更在我任教的中央美术学院美术史系进修史论。经过多年艰苦卓绝的努力，杨一墨的指画，在笔画的互动下，不断进入新的境界，屡屡在展出中获奖，成为指画的领军人物，影响遍于国内外。

他的指画，开拓了现实题材，发展了指墨画法，充满了生活气息，涵养了文化底蕴，注入雅俗共赏的现代审美趣味。在形神兼备的肖像画上，尤其显现出超越古人的造诣。我曾经著文评论他的指画：意境清新，指墨老到，拙简中求酣畅，恣肆中求苍茫，劲峭中求深厚，繁复中求灵透。仿佛信手拈来，无所拘束，实际是厚积而薄发，故此烂漫天真而不失良工心苦，时风渐远而天趣犹存，指趣墨韵，斑驳陆离。……用平民百姓的眼光，开掘前人不曾描绘而身临其境者发现的美。

杨一墨在指画上取得的突出成就，是理论与实践并进的结果，因此理解得深，运用得活，有很多真知灼见，也有得心应手的经验。比如，怎样以指代笔，实现用笔所无的生拙之趣，怎样"无墨求染"，在指画中发挥破墨与积墨，怎样通过书法和笔画的途径提高指画，怎样在笔画写生速写的基础上进行指画的创作，完成了笔画向指画的转换。因此，无论在铁岭中国手指画研究院，还是清华美院创作基地高研班，他的教学和指导都深受学员的欢

图26 杨一墨《鉴画》方壶楼藏

177

迎，为了适应指头画传承的需要，系统地总结指头画传授的经验，杨一墨在讲稿和课徒画稿的基础上，编写出了《指头画谱》。

这部画谱，既讲理论知识，又传授指画技巧，大体上由绪论、基础技法、分类图说和余论四部分组成。绪论是指画的专论，从历史、理论、审美、技与意方面论述。基础技法包括手的图示、运指法、运指法图示。分类图说按"三友四君子"、花鸟、人物、山水等题材传授知识与画法，从观察方法、表现手法、学习方法三方面切入，讲解理法、经验与心得。余论主要讨论指画与笔画、指画与仿古、指画与写生的关系。

我研究中国的书画史，在清代用力稍多，对于指画，虽有点史论上的了解，但没有实践的经历。因为辽宁省博物馆名誉馆长杨仁恺先生的关系，我认识杨一墨较早，他自从来中央美院美术史系进修，其后时常来京，不断出示新作征求意见，不断就作品涉及的问题开展讨论。后来也邀请我到教学现场，观赏他学生的作品。因此，从一定意义上说，我是他在指画上不断进取获得成就并且卓有成效地培养新秀的见证人，故此应邀在他的《指头画谱》出版之际，略抒所感，以作弁言。

原载《指头画谱》，杨一墨著，
人民美术出版社，2018年4月

《徐邦达：我在故宫鉴书画》序

在学术界与收藏界，徐邦达先生是公认的权威书画鉴定家，代表了上一世纪国家的最高水平。在徐夫人滕芳七十大寿的贺诗中，我曾把徐先生称为"国眼"，后来也被许多传媒采用了，听说徐夫人颇感欣慰。

非常幸运的是，50年前我就有机会聆听徐邦达讲授书画鉴定。那是1962年秋季，我正在中央美术学院美术史系读本科，主持系务的金维诺先生，先后请来两位书画鉴定家讲课。张珩两讲，徐邦达七讲。

徐先生的七讲，头两讲是概论，后五讲按时代讲代表性画家的真伪。在概论部分，他指出鉴定时代和真伪，靠画本身和旁证，就画本身而言，主要是形、构图、笔墨、纸绢的材料与气色。我印象最深的有几点。

一是鉴定看笔墨。最近去世的方闻，主张山水画的断代靠空间结构的分析，徐邦达更重视笔墨，尤其是用笔。他说构图可以模仿，用笔最易流露个性，故用笔才是鉴别真伪最重要的方面。不过，他也指出画家一生有变化。工具不同也会影响效果。

二是方法的鉴与考。他指出，鉴是从画本身入手，是眼看，靠比较，用实物比较容易，用记忆比较困难。比较要懂得同中有异，异中之同。考是找旁证，包括别人题跋、收藏印记、文字记载，书本与实物印证，证据可靠，才能下断语。

三是书画鉴定的四必与四忌。四必是：一必须懂得衡量艺术水平的标准；二必须懂得书法篆刻；三必须多读书；四知识越广越好，必须懂得各种法门，包括人事关系等活知识。四忌是：一忌门户之见；二忌臆断无据；三忌抓住一点，不及其余；四忌好即真，坏即假。

大学毕业后，我被分配到吉林省博物馆。"文革"后期，在周恩来总理关怀下，文物工作上马，我经手收回了故宫流散书画中的《吴睿隶书词本元张渥九歌图》。结合研究元代人物画，我写了馆藏《元何澄归庄图》与《谈张渥九歌图》的文章。

因工作需要，1973年我来京访问徐先生，告诉他我在研究张渥多本九歌图的鉴考结合中，发现他编写《历代流传书画编年表》张渥条目的疏误，把《墨缘汇观》著录的吴睿隶书词本当成了《过云楼书画记》著录的吴睿篆书词本了。

我的研究得到他的首肯与鼓励，先是写了一首词给予鞭策。词曰："三风复寻踪，颠米情融，越筠万亩墨华浓，有口能言难笔到，一戏何空。疗术说龙宫，乌帽来东，金题玉躞鉴谁同，任是六朝排典午，堪笑杨雄。"说欢迎我来京乃至故宫工作。

后来，他不但借给我《故宫书画清点目》手稿（即后来修订出版的《重订清故宫旧藏书画录》）与大量未发表的手稿（后来分别以《历代书画家传记考辨》《古书画伪讹考辨》出版）供我研习，而且联合金维诺先生推荐我到文物出版社工作。

从我回京工作，到研究生毕业留校任教，请他来系讲座，再到1985年在美国陪同看画，受教于徐先生的机会很多，收获累累，这里谈五点印象最深者。

一是丰厚学养与交游。我发现，他的友人不少是书画诗词的专家。我到他府上看望，有时他正写作与周汝昌唱和的诗词，有时在座的是戏曲作家诗人吴白匋，还有一次是画家陆俨少才离开，他专门为我讲述了陆俨少笔墨的高妙。我深感，他的鉴定眼光，不仅在于他强调的在故宫工作，看得多，而且与学养关系极大。

二是精熟书画风格史。20世纪80年代，他在中央美院美术史系授课，在讲书画鉴定之前，专门讲了书画源流发展。不同于美术史专家之处，在于他偏重于形式风格的发展演变，既包容全面不只讲主流，又在视觉特点的把握上非常精准。比如，他对我们当时忽略的明末清初黄道周、倪元璐等人极端不求形似的文人画，即点破是文人书法家的余兴。

三是鉴定的"样板"理论。他在80年代的讲课中，对于"鉴"也就是"目鉴"，提出了确立"样板"的理论。大意是，对于各家作品，经过精细的研究后，要在心目中确立样板，作为日后鉴定的依据。这个样板，也须在实践中不断检验修正。这一提法，总结了在"目鉴"中进行风格比较的经验，很有实际效能。

四是《古书画鉴真》编纂计划。1977年，徐先生拟了一份报告《〈古书画鉴真〉编纂由起和具体计划》，上报给单位，也给了我副本。计划分书法、绘画两大套。每套各家都分图片与文字两部分。图片收入各家一生各时期的代表作品，包括失败之作，代笔和伪好物，附以款式印记原大特写，以便作为鉴定的依据。文字部分包括传记、前人评论、画家诗文选要、作品著录、编者鉴定意见。该书虽然未按原计划出版，但主要部分后来都以其他形式得以问世。原计划的绘画图片，已见于后来出版的《中国绘画史图录》（上、下），只是经过了压缩。含真伪代笔的图片，包括传记、著录、编者意见，则见于后来出版的《古书画伪讹考辨》与《古书画过眼要录》。

五是治学的严谨求精，1985 年我随谢稚柳、徐邦达、杨仁恺和杨伯达到美国各大博物馆看画，记录鉴定意见成《访美所见书画录》稿本，当时徐邦达先生就认真审阅加以订正，比如纳尔逊博物馆的《任仁发九马图卷》，我记录为"徐老：真迹。任氏早期作品，与故宫《出圉图》同一时期"。他审定后改为"真迹，定甲子作"。归国后，他又要去稿本进一步修改补充，对于纳尔逊博物馆的《夏圭山水四段卷》，我记录为"徐老：可能为夏圭"，他改定为"真，末有夏款"。对于同馆的《李嵩明皇斗鸡图团扇裱轴》，我记录为"款作'三世待诏李嵩画'"，徐邦达在美国时补充了"小真书一行"，回国之后他又用红笔加注"'三世'可疑"四字。

曹鹏先生在《中国书画》刊物作总编的时候，经常有大学问家的访谈发表。可以看出，访谈之前他都做了充分的准备，提问都很内行，无论是访问饶宗颐，还是访问徐邦达，都能够注意学术性，而且充满引人兴味的细节，能把专业的学问通俗地介绍给广大读者。

这本《我在故宫鉴书画》增订版，根据他对徐邦达的访谈，又编入他的有关成果，计划面向热爱收藏的读者。蒙他抬举，邀我作个序言。我曾受教于徐先生，也写过《徐邦达与书画鉴定学》，正好借此补充一点史实和感想，聊作引言，读者诸公去看详细的访谈，必有更多的收获。

原载于《徐邦达：我在故宫鉴书画》，曹鹏著，

化学工业出版社，2019 年 3 月

王若《折枝花鸟画研究》序

中国的花鸟画，以动植物为取材对象，但入画的花鸟，从来都不是照相式的模拟，而是经过剪裁、提炼与加工的意象。魏晋的花鸟画，大约还没有独立。唐代的花鸟画，不仅出现了擅长某种题材的专家，而且初步形成了不同的表现方式，折枝便是其中之一。

从出土壁画和个别卷轴画中的团扇画考察，联系画史记载，可以看到，从盛中唐到晚唐五代，花鸟画的构图方式已经有了种种雏形。其中的"全株"，后来发展为"全景"；其中的"金盆鹦鹉"，后来发展为"盆供"；其中的"装堂花"，后来发展为"丛艳"；其中的"折枝"最为突出。

折枝的开创者，据说是边鸾。朱景玄《唐朝名画录》记载："边鸾……少攻丹青，最长于花鸟，折枝草木之妙，未之有也。"在边鸾之后《唐朝名画录》成书之前，折枝花已经成为流行式样，甚至见于晚唐的居室屏风，如韩偓《已凉》诗句："碧阑干外绣帘垂，猩色屏风画折枝。"

其后，折枝花卉这种表现方式与其他方式并驾齐驱，不断发展，影响日增。《益州名画录》记载，西蜀的滕昌祐善画"折枝花"，《宣和画谱》记载，西蜀的黄筌、邱庆余，南唐的徐熙，北宋的徐崇嗣、黄居寀、赵昌、易元吉等重要花鸟画家均有"折枝花图"，而"赵昌折枝花极有生意"。

早期的"折枝花"，流传遗迹很少，但宣和内府收藏的作品目录表明，所谓折枝花，既包括折枝花，如《折枝红杏》《折枝海棠》，也包括折枝果，如《折枝杂果》《折枝木瓜》。折枝的具体形态，异于"全株"，不画根植于土，只画赏心数枝。根据《宣和画谱》中《写生折枝花》的图名，可以想见，折枝未必一定是画折断的花枝，往往是有所剪裁的表现方式。

早期的作品与记载说明，折枝对于花鸟画家而言，是一种对象入画的方式，虽创始于边鸾，但不属于某家的风格样式，体现了一种前后相承又不断发展的观看方式与表现方式。正是在这个意思上，清代写意画家李方膺有句曰："触目横斜千万朵，赏心只有两三枝。"

历经唐宋元明清的发展，折枝花探索了种种可能，积累了丰富经验，发挥了特有的艺术魅力，已经成为传统花鸟画的重要表现手段之一。在长期的历史发展中，折枝花作为一种观看与表现的方式，背后则是中国的哲学思维。"理一分殊""其小无内""芥子可见大千"的哲思，使似乎微观的折枝超越了本身。

折枝作为一种构图方式，从艺术表现而言，离不开空间的处理，如枝干的穿插，虚实的安排，也离不开对象的描绘，同样"妙在似与不似之间"，是似多一些，还是不似多一些。无论空间的处理，还是对象的描绘，都通过精粹地描写对象，来寄托主观的情感，有生命的感悟，更有人伦的比德。

当书法意识更多渗入折枝之后，传授的程式化开始与创作的笔墨个性化结合，精简折枝的视觉效应也与题画诗文展现的广阔时空结合起来。这当然在其他的构图方式中也有反映，但在折枝花中更为突出。其实，折枝一直与"全景""丛艳""盆供"并驾齐驱，相生互动。

进入 20 世纪以后，尽管写实观念在一定程度上影响了本质上是写意的花鸟画，后来花鸟画也在与山水的结合中追求原生态，全景式的花鸟画得到发展，但传统的折枝仍然在不同的层面上被广泛运用，可惜一直没有系统研究折枝花鸟的论著。女画家王若，填补了这一空白。

王若是位成绩明显的花鸟画家，所画花鸟，要言不烦，时用折枝，又能发挥彩色没骨的手法。作风虚和宁静，质朴工稳，设色妍雅和谐。她从不满足于形色之美，而沉潜于精神性的追

图27　王若《白梅红鹦鹉》方壶楼藏

求。这离不开她的先后的两位老师：霍春阳与郭怡孮。霍先生是她的硕士导师，郭先生是她的博士导师。

霍先生的花鸟画，属于"当代逸品"，有很强的文化性，虚静空灵，境界超逸，有时亦作折枝。郭先生的花鸟画，启功称为"大麓画风"，善于把庙堂气象与山野生机结合为一，亦擅理论思考，主张"大美术"的视野，积极开拓色彩表现的新领域。

王若的博士论文，选择折枝花鸟问题来研究，既紧密结合着自己的艺术实践，也得到了上述两位先生的引导，比如郭先生即指出："折枝花多为小品，但一定要有大寄托，这个大寄托才是折枝花的核心和生命之源，……简单得无法再简，但画的精神全景很大。"

作者的研究成果，她的见解与论证，自有论文详述。我作为她的论文导师，参与了讨论，见证了写作。我感到，作为一名画家，王若的研究是非常努力的，也取得了学术研究成果，从答辩通过的论文看，虽然还有进一步发展的空间，但在研究的方法上已形成一些突出特点，我看也是优点，至少有四点值得讲述。

其一是重事实，善归纳。画家有自己的见解不难，难在把见解建立在扎扎实实的研究上，经过详细的收集材料，审辨材料，分析作品，寻找内在联系，从事实引出结论。论文附录的《两宋时期折枝花鸟画汇总》和《扬州画派折枝作品目录》说明了这种努力。她对于折枝花卉出现于盛唐一说的商榷，分析细腻，讨论详明，有说服力。

其二是多角度，全方位。研究传统的折枝花，可以有几种角度：艺术史的角度，美学思想的角度，中国画理法的角度。王若的研究，不只是艺术史视角，也不只是美学思想的视角，还不只是中国画理法的视角，而是一个综合的视角，力求史与论结合，理与法兼顾，求得研究的全面、深入与具体。其中，对折枝花卉与哲学思想关系的探讨，体现了致思的深入。

其三是看发展，重联系。她研究折枝花，不是孤立的对待，而是动态的考察，注意产生的条件，考虑变化的根源，不是只研究绘画的折枝，而是关注生活风俗中的折枝风尚，工艺中的折纸纹样，诗歌中的折枝吟咏。她考察折枝，还能够注意折枝与"丛艳"、与"盆供"、与"全景"的动态联系，附文《折枝与其他类型花鸟在各时期的升沉关系》正是为此而作。

其四是厘清概念，界定术语。今人讨论古代绘画，所涉及的理论概念和专业术语颇多，或见诸绘画古籍，或见于西人著作，时间不同，地域有别，含义自然相异。王若严格对待，一一厘清，分别界定，避免望文生义。所以，她使用的图式概念，她对程式的共性与使用程式者笔墨个性的发挥，剖析得非常明白。

王若的博士论文，在写成以后又经过不断的修改完善，她在几个月前对我表示，在论文进一步修改后准备交付出版，希望我作个序，于是我在暑假中写下了上述感想。

原载于《折枝花鸟画研究》，王若著，
天津人民美术出版社，2019 年 9 月

《名家鉴画探要》修订本后记

　　书画鉴定，是一门实用性很强的学识，在古代擅长此道者被称为"具眼"，在现代才有了讲求学理和方法的"书画鉴定之学"。"书画鉴定之学"的提出，最早见于张珩的《怎样鉴定书画》，《怎样鉴定书画》的主要来源，是他应金维诺主任之邀在中央美院美术史系的讲课，我有机会亲聆讲授，时在1962年。张珩讲授书画鉴定，引进了美术史学的风格概念，其后美国方闻的山水画断代理论，也是凭借风格的研究，都说明书画鉴定与美术史的关联。1985年，在普林斯顿大学艺术博物馆，我有幸听到谢稚柳与方闻关于书画鉴定的讨论。谢稚柳是中国古代书画鉴定组的组长，比较强调面对具体作品的鉴定实践，方闻是美国以风格发展为中国山水画断代的权威，高度重视书画鉴定中断代辨伪的学理及其在教学中的传授。

　　《名家鉴画探要》的编写，则既想把书画鉴定纳入高校研究生的教学，又旨在认真总结前辈书画鉴定家的"实战"经验，基础则是20年前"书画鉴定名家研讨课"。1993年，在国家文物鉴定委员会委员金维诺的推动下，中央美术学院美术史系受国家文物局的委托，以校内外导师合作的方式，开办了书画鉴定研究生班。当时我担任系主任，直接主持该班教学。在办班过程中，为了让学生了解前辈书画鉴定家与书画鉴定研究专家的治学道路，学习他们从事书画鉴定的经验，从中理解书画鉴定的理论与方法，我主持了上述的研讨课。该课以前辈专家为探讨对象，研讨他们的"成功之美"和"所致之由"，通过研究各家的治学特点，不同的鉴定理念、鉴定路数和鉴定案例，兼容并蓄又融会贯通地掌握传统书画鉴定的学理、方法和经验。当时，绝大部分被研究的专家还都在世，有的还担任了鉴定班的校外导师。同学们在收集资料、阅读著作、思考研究的同时，能够访谈请教，掌握第一手资料，获悉专家自己的看法，所以对各家的评述，比较深入得体，选读的鉴定论文，也颇具代表性。新世纪之初，在中国青年出版社的支持下，我和同学们在研讨课讲稿与作业的基础上，丰富完善，编写成《名家鉴画探要》。徐邦达先生获悉此书的意图、内容和体例以及读者需要后，欣然题写了书名。

20世纪以来，书画鉴定家的成才之路，可大略分为两类。一类出身于书画收藏鉴赏和创作领域，自学成才；另一类出身于院校的艺术史专业，在书画鉴赏中锻炼成才。如今，科技的发展，在物质材料的年代验证上，不断取得新的成果，大数据与人工智能，一旦有条件用于书画图像，更将对书画鉴定提供很大方便，但书画作为蕴藏着思想感情和视觉审美意识的产品，仍然离不开鉴定家的目鉴与考证。研究上述两类卓有成就的书画鉴定家，无疑是学校内外获取书画鉴定学识的重要途径。该书的编写，则适应了两种需要，一是文博界和社会的需要，二是书画鉴定教学的需要。

此书在 2008 年出版后，反映良好，受到文博界、收藏界、美术文物市场从业者、高等院校书画鉴定专业的师生以及广大爱好者的欢迎，可惜初版编写匆促，出现一些疏误。至 2010 年，此书作为中国青年出版社建社 60 周年的精品书，经过我们认真修订，列入典藏名著，出版了精装本第二版，印制精美，而且纠正了第一版的不足。现在又过去七年了，无论第一版，还是第二版，在图书市场上已经难以见到。书中一一评介的老一代书画鉴定家，张珩与李霖灿成书前已去世，成书以后，谢稚柳、刘九庵、启功、杨仁恺、徐邦达相继过世，方闻据了解也因患病失去研究能力。倡议开办书画鉴定研究班并担任校内导师的金维诺也于今年 2 月 17 日离世。当时参加书画鉴定研究生班并投入此书

图 28　1985 年在美国克利夫兰博物馆与谢稚柳、徐邦达、杨仁恺合影

编写的同学，不少经过自己的努力已成为文物博物馆书画部门年富力强的专家，或者高等学校从事书画鉴定与美术史教学的教授。其中的陈步一更在文物学会支持下开办了文博学院，多年以来致力于各类应用型文物人才的培养，特别着力于书画鉴定之学的传承，书画鉴定人才的培育，书画鉴定成为该院教学的一个重要方面，《名家鉴画探要》也就理所当然地成为主要教材之一。

近年，中国青年出版社计划推出本书的修订版，我们感觉确有必要，为了表示对前辈的缅怀，体现学术的传承，经与出版社商定，修订版的封面，拟恢复第一版设计，体现徐邦达的题名。修订工作，由参加了本书撰写的鉴定班同学陈步一（实际的第二作者）作为助手。内容则在 2010 年精装修订本的基础上，更换补充了部分图片，特别是补充了各位前辈书画鉴定专家向本书作者言传身教的照片，以及与本书作者继续致力于书画鉴定教学的照片，以体现学术的传承和本书贴近评介对象的独特价值，同时也补充了各个出版部门近年推出的各位书画鉴定家的重要著作或文集，包括未曾发表的讲课记录，以便于读者参阅。最后，谨以此书的再版纪念最早把书画鉴定之学引进高等学府的金维诺先生，并对中国青年出版社的领导和张婷编辑表示诚挚的感谢。

原载《名家鉴画探要》，薛永年主编，

中国青年出版社，2018 年 8 月

俞建良《王学浩研究》序

在西方，有两派美术史研究：大学派与博物馆派。博物馆派认为，大学派的研究，追求高端，耽于理论，忽视审美。大学派认为，博物馆派的研究，俯就大众，陷于鉴赏，迁就赞助。中国的情况，有同有不同，美院的美术史研究，一般不忽视审美，但着眼于大题目，相对比较宏观，比较重视理论阐释。博物馆的美术史研究，由于立足于发挥藏品，所以不但讲求鉴赏，而且着眼于作品，致力于个案，在基础研究方面多所建树。

我在吉林省博物馆工作期间，经过前辈指导，曾着眼于故宫流散书画，通过作品与个案的结合，思考美术史上的一些问题，比之前人，有所补正，有所收获。来到美术学院任教之后，为了避免学术空疏，大而无当，也关注博物馆美术馆的研究。聂崇正学长的清代宫廷美术研究、马鸿增兄的新金陵画派研究，都对我宏观地思考古今美术问题很有帮助。而昆仑堂美术馆馆长从善楼主人俞建良的《王学浩研究》，则是清代画家个案研究的新成果。

俞建良聪敏多才，书画、诗文、鉴藏、著述，齐头并进，艺而兼学，曾出版《顾阿瑛事略》《从善楼诗文书法集》《从善楼随笔》《从善楼论画》等。我因忝列昆仑堂美术馆顾问，时有来往，为增加本馆的乡贤收藏，数年前在北京，他与夏天星先生邀我共鉴王学浩作品。今年他又告知，《王学浩研究》已经基本杀青。不久前，我去上海顺路赴玉山，翻阅这部20多万字的书稿，并就王学浩的研究和写作进行访谈，从而丰富了我对王学浩的了解。

20世纪的画史著作，多数对王学浩略而不谈，俞剑华《中国绘画史》，虽然写了王学浩，但把王氏及其学生等多人列在"盛清之山水画"之"娄东派"中，并没有看到王氏的突破。郑午昌与潘天寿则有较高评价，郑氏的《中国画学全史》称："画法倪黄，魄力极大""《山南论画》数则，立论精当，趋向极高"。潘氏的《中国绘画史》，称之为嘉道咸画家中"有特殊造诣，能贡献于一时"的"后起之劲"。可惜缺乏具体的分析和展开的论述，更没有系统刊布王学浩的绘画作品。

当代年轻学者研究古代画家，每因学养的差异，纵使对其擅长的某领域开掘深入，也很难做到全面地观照和立体地了解，俞建良的《王学浩研究》，是迄今为止第一部全面论述王学浩的著作。全书除去分论王氏的生平、思想、诗书画艺术、论画名言、绘画师承传派之外，还有年谱、作品编年、印鉴款识、历来评论等等，既有条分缕析的论述，又有系统整理的图文资料。不敢说已经穷尽了对王学浩的认知，但有着非常突出的四大特点。

首先，是切实走进历史。开卷之始，就把我们带进王学浩生活的历史时空，联系环境与人物的关系，重建活生生的历史记忆。他通过考察王学浩的遗迹，联系有关文献记载，告诉我们王学浩居住半山桥的"山南老屋"，在明、清两代曾是昆山的闹市区，所以如今"奥灶馆"的匾，还是王学浩所题，使我们似乎能与古人对话，接触到实际存在的古今联系。

第二，是特别重视作品的研究。对于书画家而言，书画作品是立身之本，对其艺术的品评，也只能从作品中得出结论。俞建良以十年之功，大量过眼王学浩的作品，收集其作品的图片，从 36 岁一直到 78 岁，分为早中晚三个时期，结合作品分析评价王学浩的成就，既看到他的继承，更看到他的突破，从而有依据的指出，他绝不是娄东派的传人而已，对于山水画，他有自己的独特风格和独特成就。

应该指出，对书画作品的研究，首先是辨别真赝，考察年代，也包括识别代笔，在这方面，俞建良都下了功夫。据说，一次他应邀参与兄弟博物馆的书画藏品鉴定，辨真伪，分精粗，估价位，面对一件过去视为王学浩的精品之作，他别具只眼地指出是学生的代笔，从而调整了估价，恢复了这件藏品应有的价值。

他对作品的研究，也包括王学浩的诗，特别是题画诗。王学浩的诗集《易画轩诗稿》，收藏在上海图书馆，老馆长陆家衡的复印件提供了研究便利。为了把握诗中的大量信息，俞建良首先进行分类，分为交友诗、忆乡诗、记事诗和题画诗等等。而他的研究则偏重王氏诗歌的特色与成就，特别是题画诗佛道意蕴，题画诗的审美特征与审美境界，王学浩友朋师生间的题画往来、画与题画诗的关系等等。

第三，是讨论了"仿"的问题。他在研究中发现，王学浩的作品喜欢写上"仿某某"，虽然总写"仿某某"，不强调自己的新创，但幅幅都是自己的风格。不仅王学浩，黄宾虹也是如此，很多明清画家都如此。俞建良通过研究王学浩，讨论了后期画史上的这个普遍问题，借用朋友的话，深刻指出："画家的作品要有'姓'，不能做孤儿院里的弃婴，不知父母是谁。"他指出，这种现象的出现，表明画家强调师承，强调学有渊源。画上题"仿"的本意，是学习、是研究，不是"依样画葫芦"。

画史上题"仿"的问题，尽管过去已有人论及，但俞建良分析得更深刻，论述得更生动。由于中国文化没有断过流，中国的书画历史发展，总是在承中求变，在继承中实现创造。有些画家，特别强调仿古。不是说他没有创新，是他要强调传统。也有强调"我用我法"的，从作品看，并不是没有传统，从他的画里能看出传统。只是两种表达：一种表达要创新，实际有传统；一种表达是有传统，本身也有创新。

第四，把研究建立在丰富系统的资料工作上。从材料得出看法，从事实引出结论，通过丰富的经过整理的资料，寓评与述地表达不脱离实际的见解。在收集材料方面，无论书画作品、历史文献，他都尽力"竭泽而渔"，作品图像的收集，不仅包括公私收藏，而且遍及历年拍卖。历来对王学浩的评论，收集了蒋宝龄以来的四十余则。王学浩的论画，除去《四铜鼓斋论画集刻》本《山南论画》之外，还收集到了文字小有出入的《山南论画》墨迹本，更收集了王学浩题画上论画言论，补充了《山南论画》。

总之，《王学浩研究》是一部颇有特色的画家个案研究成果，是从地域文化入手对美术史研究的加深与拓广。当然也不能说完美无缺，比如怎么把诗文书画家的才气进一步与学者的严密性结合得更好，如何使汪洋恣肆兴会淋漓的铺陈与逻辑严密的结构和精心提炼的表述结合得更紧密，都是可以在日后进一步提高的。

原载《王学浩研究》，俞建良著，
上海书画出版社，2018 年 9 月

陈平《问故楼吟草》序

　　古代画家，均属通才，尤善三绝。当代画家，多系专家，唯画而已。古之通才者，博学多闻，以画为寄，绘事书法而外，诗词莫不兼长，是以画中有诗情，诗中有画意，诗画互为表里，才情得会通而勃发。今之专家者，以画为业，虽于造型、笔墨、构图，精益求精，而于画外功夫，每粗疏浅薄，虽年逾耄耋者，尚有兼长者，而并世青壮画家，罕有其人，偶尔为诗，顺口溜出，律多平仄不调，纵题诗于画，亦借他人酒杯浇自家块垒而已。欲兴灭继绝，弘扬传统，重兴诗家之画与画家之诗，正待有识有才者履践焉。

　　以余所知，"60后"画家中，陈平崛起最早，学诗亦最力。二十年前，其画已不胫而走，余游宝岛，有画廊曰"八月十五"，满壁皆其山水，沉郁苍茫，境幽意远，难怪台胞爱之，或借其画见故乡而思团圆，亦未可知。陈君山水，多以故乡费洼为题，造境抒情，绵邈幽深，诗意盎然。后间作墨梅，一图一境，别具思致。书法篆刻亦自成一家。此人所共知者。而其着力格律诗词与夫小令套曲，则知之者无多。余偶有吟咏，以与陈平同事，遂误以昌黎目之，时有抄示，以求推敲。故于陈君之耽诗，略知一二耳。

陈平向学之年，置"文革"风暴席卷全国，旧体诗词，贬为四旧，坊间读本，扫荡殆尽。然因缘巧合，因习画问学于林锴，遂于疾风暴雨中，得入艺术洞天。林锴者，闽之榕城人也。擅国画、连环画，工书法篆刻，尤长于古体诗。得林楷的启蒙熏陶，言传身教，陈君乃于学画之初，即兼攻诗书画，三绝并进，至今廿余年矣。其初，读《诗话》，遍颂历代诗词，积累锦囊妙句，亦读金元散曲。觉小令俚语入曲，鲜活上口，故填小令为多，遂赓续姚华以曲入画之趣。稍后，聘回美院执教，为延请讲授诗词课名家，得林锴之介，遂识汨罗周笃文，自此频频求教，得点化批改，并与青年友人李老十、宋筱明、许俊结槐荫诗社，每周一聚，唱和交流，其诗曲亦渐入佳境。

陈君之为诗也，始于18年前壬戌，而曲多于诗。庚午新世纪以来，雅兴勃发，诗思泉涌，创获之多，前所未有。盖外出写生，日间对景作画，有所感而不宜画出者，晚间则发而为诗。两相补充，互动互益。于是，苏东坡"诗中有画，画中有诗"之说，晁补之"画写物外形，要物形不改。诗传画外意，贵有画中态"之论，实践日多，体味日深。查其体裁，大率五绝、七绝为多，亦有五律、七律、古风之作。观其内容，则无外山居清兴，出游所见与写生作画所感。尤多咏田园之情，抒探梅之兴。

古之田园诗，孕于农业社会，意在重返自然，返璞归真，独得天趣，兴于五柳，摩诘继之，流风所被，历百代不衰。陈平因画故园山水，遂以费洼为辋川，故尤喜王维之"诗中有画，画中有诗"，姚合之"写景细腻，幽折清峭"，张船山之"沉郁空灵，生气涌出"，亦于杨万里、吴野人有所资取。其咏费洼或梦里家山者，多为题画之作。费洼者，河北之山村，陈平之故乡也，虽无山无水，耕地贫瘠，然幼年曾居，复葬母于此，故魂牵梦系，乃收罗好山好水，纳入费洼，讴歌现代精神家园。其一曰："秃毫淡墨逐心光，意若游云似梦长。搜尽奇峰归画底，题名依旧费洼庄。"画意诗心，真情流露，读之如见其挥毫运墨时也。

费洼之外，又于梅花情有独钟，丁卯以来，岁岁江南访梅，先诗而后画。其探梅之作，立意尤为别致，尝云"林和靖以梅为妻，吾则以梅为红粉知己"。故其咏梅，非抒寂寞相濡之情，而多写灵犀相通之感。其一曰："雨亦无情疏影寒，梅花落似雪花残。谁怜万里人初到，树底徘徊心底酸。"又一曰："对影还疑梦，关情又一年。无声分野色，支雨探幽泉。书味宜尘外，仙心幻月边。约作山中客，相映在寒烟。"亦有观老梅而迁想书画前贤者，如"乱枝形若张颠草，干识天池腕底狂。一阵东风吹绽蕾，万花争似老元章"，盖又不独视梅花为情人矣。

更多作品，写出游所见，写生所感，盖其外出写生，画未尽意，诗以咏之。虽频年外出，足迹遍名山胜迹，而尤牵情乡野村舍，此类诗多感受鲜活，观察细腻，景之光色，象之形神，情之真挚，举凡诉诸视觉而得与心灵者，一一出之，故画意盎然，饶于情味。如《庚寅春带学生来豫晋交界处太行山中写生有作》云："天公任性亦难凭，时雨时晴时雪凝。频见春山颜色改，团花团绿又团冰。"《村中》云："村中爱画旧茅篱，当户顽童眼底疑。忙说你家风景好，白墙黑瓦最相宜。"《春耕》云："黄牛暂卧歇春犁，老伯抽烟蹲垄畦。雨渍田中杂草绿，插秧还待劲翻泥。"《牧童》云："濛濛细雨润春泥，野径新痕印犊蹄。岭上牧童归欲晚，几回阿母望村蹊。"其诗不独运用口语，亦能嵌入新词，诸如"酒吧""摇滚""铁轨条条""火锅牛百叶"，信手拈来，雅中带俗，亦庄亦谐，时饶风趣。

陈平之诗，亦如陈平之画，师造化而发心源，出新意而重传统，吟当代而承文脉，求高雅而谐俗赏，写心境而饶画意，学古人而有现代感。虽然，吟草中佳作比比，而倘于写景抒情再求精纯，遣词用语再求自然，虚实相生更求灵妙，造境再求跨越时空，以其年方知命，精勤如此，前途正未可量也。近者，陈平以其集名《问故楼吟草》，索序于余，余问："何以名问故楼耶？"曰："典出庄子，以之名楼，实寓思乡怀旧之忱，借古开今之意。"余谓"君似与古人问答，实亦与今人对话"。盖今之少壮画家，善三绝者日少，欲与陈平对话，曷不思孔子"不学诗无以言"之教，念吴缶庐"诗文书画有真意，贵能深造求其通"之诗乎。言外之音，象外之旨，岂其然乎？是为序。岁在庚寅，炎暑如火，周身汗湿，忽来清风。方壶楼主人薛永年序。

原载于《问故楼吟草》，陈平著，
线装书局，2019 年 3 月

短论杂议

李鱓和水墨画的用水

　　水墨画是中国传统绘画的独特创造之一。这种表现形式用层次丰富的墨色结合着千姿百态的笔法来状物抒情，却能收到单纯而不单调、统一而多变化的表现效果，不使用五颜六色，但能取得"运墨而五色具"的奇效。以水墨画发展演变而来的水墨淡色画，近年兴起的粉墨画，同样具有善于运墨的特点。因为运墨离不开运笔，所以历来的中国画家都把"笔墨"看作中国画的重要特点之一，视为中国画的一个重要的基本功，提倡"有笔有墨""笔精墨妙"，并总结出许多理论。

　　关于笔墨的理论不外两种：一种是讲笔墨技巧的，着重讨论笔墨形式与特定内容如何统一起来。如张彦远的"本于立意而归乎用笔"，笪重光的"山隈空处，笔入虚无，树影微时，墨成烟雾"。还有一种是讲笔墨技法的，如人物画用笔的"十八描"，山水画用笔的各种皴，以及"泼墨""积墨"与"破墨"等等。

　　但是，遍观笔墨技法理论，很少有人谈到水分的掌握在水墨画中的重要意义。较早涉及这一问题的要属五代的荆浩，他提出"水晕墨章"，可惜对用水没有论述。在笔者接触的材料中，充分揭示了水墨画中水分运用奥妙的重要画家之一，便是清代的李鱓，他在一页梅花上题着："画家以笔墨为主，八大山人笔胜于墨，石涛上人墨胜于笔。笔墨极其妙，要在用水时求之。不得此中三昧者，难以此语相告也。"（此页在《李鱓花卉册》中，现藏吉林省博物馆）。李鱓讲得很简明，但发前人所未发，一语道破了笔墨奥妙的重要关键之一。

绘画创作不同于文学创作的一个方面，是必须经过物质制作过程。因此掌握并发挥工具材料的性能，才能使创作意图成功地付诸实现。中国画家讲求墨的五色六彩，其实离不开两个条件，一是白纸，唯其是白纸，才可能使深浅不同的多种墨色层次分明。二是水分，墨只有经过水的调节，才会出现丰富的色阶。画家只有在运笔运墨中善于控制而且发挥水分的妙用，才得以有效地完成自己的艺术表现。画家之往往含毫吮墨，也正是为控制调节笔锋水分而养成的习惯。

李鱓上述认识虽然反映了水墨技法的一个规律性知识，对于使用绢、熟纸、半生半熟纸或生纸的人概莫能外。而他总结出这一经验却是在生宣纸盛行、写意画蓬勃发展的历史阶段，在当时也有现实意义。从留存下来的作品看，用生宣纸作画主要是在明代之后。这种生纸的性能区别唐宋画家使用的纸，一经上墨便吸入纸内透到背面，它也不同于元代多数画家使用的不大生的纸，湿墨落到生纸上不仅透到纸背，而且稍事停留就向周围晕散，运用这种生纸作画，势必要求画家对水分的掌握有更充分的认识和更娴熟的技巧。如果使用得好，则能发挥水墨在生纸上的性能，收到特殊效果。白石老人就是善于在生纸上成功地借助水分又巧妙地控制水分，表现出鸡雏的茸毛和蜜蜂飞动的薄翅。李鱓和清代多数画家使用的也正是这种生纸。

但对生纸的使用也有两种态度。一种是不敢用水，一意在干笔渴墨中讨生活，虽然在继承发展元人干笔技法上不无贡献，但究属避难就易，当时就有的人指出干笔盛行是因为"湿笔难成而干笔易好"（清代张庚）。一种则是善于用水，善于充分发挥生宣的性能并借以表现新的内容，创造新的风格。李鱓在题词中提到的八大和石涛便属于此种。李鱓是长于写意画的著名的扬州八家之一，他继承了前代绘画优秀传统，反对因袭摹古，创造了纵横驰骋、笔墨酣畅的风格，表现了区别于摹古派的新的审美趣味。他对于水墨画用水的认识，正是他富于创造性的艺术实践经验的一个方面，也是对前人写意画经验的总结。

原载《迎春花》1982 年第 3 期

徐悲鸿论边寿民画

　　徐悲鸿先生作为学贯中西的一代艺术大师，他对中国古代美术的发展，发表过不少精论，钩隐抉微，富于启示。1950年，徐先生在《边寿民芦雁花卉册》上的题跋，便是一个明显的例子。

　　这个画册作于"雍正癸丑（1733年）"，即边寿民53岁之际。全册八帧，依次画荷花、瓶萄、黑牡丹、苇雁、芦蟹、石榴、芦雁、四雁。各帧神理俱足，别饶意趣，画法则融水墨与没骨为一炉，干湿并用，色墨交融，极富韵致。画后还有楷书范石湖诗、行楷书诗话四则等三帧，在笔者过目的苇间真迹中．是十分难得的精品。它曾由何海霞先生收藏，悲鸿先生获观之后题跋如下：

　　凡在馆阁体盛行时代，其作品能不随波逐流者，必有可观。并非立异，便能超群；志趣不凡，终将绝俗。苇间居士在"四王"、恽、吴之后，独留心江边沙渚高秋景物，刻意写之，其胸襟固已旷达，此册尤为精品。海霞老兄得之，可贺也。一九五〇年九月一日，悲鸿题于北京蜀葵花屋。

这段题跋虽然文字不长，但言简意赅，通过赞扬边寿民的艺术，表达了自己对中国绘画发展的若干见解，总结了应有的历史经验。

可以看出，悲鸿先生对中国古代绘画善于分别精粗，或褒或贬。他反对"馆阁体"，但称赞"不随波逐流"的文人画。"馆阁体"本来专指清代官场上流行的一种书体。这种书体，"欧里赵面"，拘谨呆板，字如"布棋"，行如"布算"，千篇一律，毫无个性。

在这里则是借指彼时统治者所提倡的因袭摹仿的画风，因其因袭模仿，故面目雷同；因其束缚个性，故有如"八股"。悲鸿先生认为："凡文化上一切形式，苟离其真意，便成为乡愿（按指貌似老实而实际上欺世盗名），八股当然为乡愿之正式代表。"（《新艺术运动之回顾与前瞻》）八股也好，馆阁体也好，在

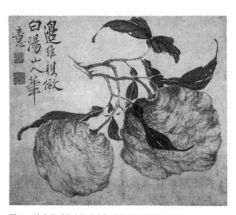

图29 边寿民《仿白阳山人》中央美术学院美术馆藏

悲鸿先生看来是最没有出息的、最卑俗的。

也可以看出，悲鸿先生之所以称赞"馆阁体盛行"时代那些抗流而前的文人画家，在于这些画家的作品有"真意"。如何获得"真意"。从这段题跋来看，悲鸿先生论及了两点。一是"留心景物，刻意写之"，即师法造化，他认为如此"方更能发掘自然之美"（出处同前）。二是"志趣不凡"，"胸襟旷达"。悲鸿先生在另文中指出"艺术家更应求广博之知识，以美备其本业，高尚及志趣与澄清其品格"（出处同上）。自唐宋以来，中国古代画家便已重视创作过程中"心源"的作用，但把"心源"解释为人品志趣的高尚，那还是文人画盛行之后的事，悲鸿先生则站在进步的立场上吸收了文人画主张的合理因素。

还可以看出，他对中国画创新的真知灼见："并非立异，便能超群，志趣不凡，终将绝俗。"这说明，悲鸿先生反对为标新立异而标新立异，更反对以形式上的炫奇弄巧为创新，他主张，新首先要新在志趣，思想志趣新了，作品早晚会从卑俗的境地挣脱出彩。这是他对画史的总结，也是个人的经验之谈。

一则题跋，对于徐先生"致广大，尽精微"的艺术见解，自然是管中窥豹，但仅此一斑，对于我们也是很有教益的。

原载《美术研究》1983 年第 2 期

秘藏不秘　学术为公

　　举凡中国画家，大概没有不知道石涛的，可是很少有人系统观摩过石涛的真迹。其实，这又何止画家，多数美术史家亦难例外。如果你想请教一下石涛存世的真迹有多少，分藏何处，孰精孰粗，我可以断言，绝大多数的海内外画家学者，都难以了如指掌，对答如流。有感于此，美国著名的华裔美术史家方闻，不止一次地说，研究古代绘画，迫切地需要每家每派都"拉一个单子"。他的话是道理的，研究传统绘画固然不能以假当真，亦不能管中窥豹。科学技术的发展需要及时获得学术信息，艺术创作与研究何尝不是如此。遗憾的是，自古以来，中国历代绘画分藏各地，很少有人能胸有全局，收藏者又往往囿于传统习惯，以入藏为目的，束之高阁，秘不示人，偶尔拿出，也总是那么几件。

　　这种历史的积习解放后已有很大改变，但由于某些收藏者认识上的片面，对搜求保藏不遗余力，而如何古为今用则常常置之脑后；或只鼓励本单位人员观摩研究，而不考虑公之于社会；或名为一大收藏单位，却从来不举办古代画展；更令人吃惊的是自定所谓藏品保密制度，虽不免对外国专家网开一面，但唯恐向国人泄漏天机。尤有甚者，某研究人员获悉某收藏单位有某画家一件作品，千里迢迢，持公函前往，渴求过目，接待人不仅不予展示，而且逼问：你怎么知道我们有这件东西？某艺术史教师持公函远路去某收藏单位联系看两件几经发表的画幅，接待人员及其领导不仅不予出示，事后还散布某某要三要四可笑至极云云。社会文化单位而如此对待服务对象，虽属个别现象，亦岂非咄咄怪事！唯此之故，画家与绘画研究者倘要系统观摩一些作品，研究一些专题，难免会遇到这类情况，不知要往返徒劳浪费多少光阴！徒具想法而难有作为！中国画的研究与传统的继承岂得深入？这种情况实为改革之对象，早已引起人们的关注。

可喜的是，随着新的技术革命的到来，上述风气在改革浪潮的冲击下，已开始转变。近年来，故宫博物院经常提供珍品在读者众多的《中国画》杂志首次发表。在今年召开的纪念渐江暨黄山画派学术讨论会中，二十三家博物馆文物单位及若干私人藏家，纷纷献出精品展出，积极提供与会的画家学者和广大观众观摩探讨。会议期间，南京艺术学院教授、前上海文管会负责人画家刘汝醴同志又就"秘藏不秘，学术为公"问题发起呼吁，率先得到故宫博物院杨伯达副院长的热情支持，与会的中国画家中国美术史学者一百余人纷纷签名赞助。

会议甫毕，《中国古代书画目录》第一册由文物出版社公开发行了。该书是在中央领导同志关怀下，由文化部文物局组织的书画鉴定小组所编。小组以著名画家书画鉴定家谢稚柳为组长，自去年起，开始系统地对全国公私收藏一一鉴定，辨真伪，别精粗，随鉴选，随编辑出版目录、图版与画册。这一极为有益的工作全部完成之后，画家、学者与广大中国画爱好者便能按目检索，按图索骥，获知当前古代中国画的收藏信息，系统全面地研究中国画史、古代画家与画派，深入地批判继承遗产。那种有意无意以名画收藏秘不示人的坏风气将被彻底扫荡，只藏不用无所作为的惰性将受到鞭策，陷入封建收藏家恶习的盲目性亦将猛醒，画家、研究者与爱好者的宝贵时间将被赢得，艺术人才的本质力量将得到更充分的发挥。因此，可以说，这也是文化艺术界改革的可喜成果。我们热烈地赞扬这一有胆有识的行动，衷心感谢年事虽高却不遗余力为文化艺术事业的上述改革而勤奋工作的七人鉴定小组和协助单位及有关人员。

原载《中国画》1984 年 4 月

重读《江山如此多娇》

　　1959 年，我正在高中读书，同时参加了北京中国画院业余进修班，每逢周日，都到位于沙井胡同的画院去学习，下课以后，还常去住在院内的年轻老师陈椿元家请教。陈老师来自广州美术学院，是著名画家关山月的学生，出于这个缘故，我在关山月与傅抱石创作《江山如此多娇》的过程中已经知道不少情况了。

　　记得有一段时间陈老师非常忙，他经常去人民大会堂协助关山月工作，每次见到他，话题都是《江山如此多娇》。他或者把带回的设计稿给我们讲解，或者向我们述说他正按关山月和傅抱石的要求完成一方极大极大的图章，说是准备盖在画上的。从他充满自豪的言谈中，我了解到，那是一幅古往今来最大的山水画，大到五十多平方米。因为画大，纸是特制的，笔也是特制的，一支笔便有一米多长，像扫帚一样，至于盛颜色的器皿，则使用搪瓷面盆。从老师的描述中，宏伟壮丽、气象万千的《江山如此多娇》给我留下了极为深刻的印象，一直盼望着欣赏原作的机会。

后来，我终于在大会堂中见到了这幅标志着 50 年代山水画新成就的巨作，那已是 60 年代我进入美术学院之后了。我进入美术学院之后，学的是美术史及美术理论，所以也开始懂得《江山如此多娇》是一种类似古代诗意画的词意画，是以毛泽东主席脍炙人口的名作《沁园春·雪》中的名句为依据创作的。

中国的山水画历代主张创造充满诗情的意境。以特定的诗词为依据作画，正是启发画家以充沛情感与丰富想象力进行再创作的途径之一，但前提是充分领会诗意或词意，接着还需要把语言艺术的形象转化为画中的可视形象。在这方面，傅抱石与关山月表现出高度的艺术造诣与令人称赞的创作才能。

如众所知，《沁园春·雪》作于抗日战争中，毛主席通过咏雪歌颂了祖国江山的辽阔广大与美丽多姿。围绕着谁应该是江山的真正主人这一问题，驰骋神思，抒发了中国人民当家做主改天换地的豪情胜慨。原词是这样写的：

北国风光，千里冰封，万里雪飘。望长城内外，惟余莽莽；大河上下，顿失滔滔。山舞银蛇，原驰蜡象，欲与天公试比高。须晴日，看红装素裹，分外妖娆。

江山如此多娇，引无数英雄竞折腰。惜秦皇汉武，略输文采；唐宗宋祖，稍逊风骚。一代天骄，成吉思汗，只识弯弓射大雕。俱往矣。数风流人物，还看今朝。

这首词，上下千年，纵横万里，气魄雄浑，格调超迈。为了创造性地体现词意，画家结合新中国建成的实践反复领会原词的精神实质，终于从"须晴日，看红装素裹，分外妖娆"一句中体会到：毛主席作词时，日寇尚未投降，全国更未解放，而如今已在九百六十万平方公里上"东方红，太阳升"了；同时，要画"江山如此多娇"就不能满足于描写雪景，而应该画出一轮喷薄四射的红日高悬。

为了发扬民族绘画的优秀传统，画家还认识到，自古以来的中国山水画，为了尽情表现对祖国山河大地的热爱之情。也为了更大幅度地概括江山之美，画家从不把视野局限于特定的狭小空间。相反，往往采取居高临下的观角，像坐飞机俯瞰大地一样地移动焦点，进行大胆高度的艺术加工。只有继承先人这种优良传统，才能体现原词作者的博大胸襟与豪迈情怀，才能表现祖国的广大无垠。我们可爱的祖国，版图之大，造成了北方尚是雪地冰天之际，南方早已草木葱茏百花齐放了。既然如此，为什么一定受西方风景画描写一时一地的模式的局限呢？为此，傅抱石与关山月为了最大限度地表现《江山如此多娇》，毅然采取了在同

图30　傅抱石 关山月《江山如此多娇》

215

一画画上出现东西南北，春夏秋冬，白雪和骄阳的构图，画法上也力求多样统一。

在画家的笔下，《江山如此多娇》呈现了下述动人的景观：近景为青绿重着色画成的高山苍松，山川浑厚，草木华滋。中景则为水墨淡设色画的冈峦起伏，平原无际，大河奔流，大有百川归海的气派。远景则以水墨描写云海茫茫，雪山蜿蜒。右上角升起一轮红日，不但染红了天空，也为山河大地披上了充满欢欣的霞彩。虽然画的是自然景观，但却熔铸了热爱祖国山川、热爱社会主义新中国的满腔豪情。也许是这个缘故，毛泽东同志为此画题写了六个大字"江山如此多娇"。

《江山如此多娇》创作至今已过去三十一个年头了，此后，虽又出现了许许多多的优秀山水画，但是《江山如此多娇》却依然焕发着经久不息的光彩。这是因为，它反映了建国之初热爱社会主义新中国的画家，在继承优秀民族美术传统并表现广袤博大健康向上的时代主旋律上所取得的巨大成功。所以，它如今不但还在鼓舞着万千的欣赏者，也仍然能给画家们以宝贵的启示。

原载《青少年美术》1991 年创刊号

在编辑工作中学习

——祝《美术研究》复刊百期

《美术研究》复刊于 1979 年，至今已刊出百期。刚复刊的时候，我还在攻读研究生，次年留校任教，并兼学报编辑工作，至今已二十年了。个人对刊物贡献甚微，近年随着学报编辑队伍的年轻化，我列名编委后，更脱离了具体工作，但我一直恋念着客串编辑的生活。那种生活表面是在编辑部领导的安排下，约稿、读稿、编稿，实际上却是在汪洋恣肆的学术信息和学术成果中徜徉、选汰、交流和汲取。你没有思考的问题，来稿抓住了；你没有解决的问题，来稿分析得头头是道；你的思想刚有僵化的苗头，来稿便给你以当头棒喝，使你警醒、反思、奋起。优秀来稿的真知灼见和独特思维，自然不乏宝贵的滋养和有益的启发；有缺点的来稿，同样也给人以避免重蹈覆辙的前车之鉴。至于向来稿学习的关键，则是编辑部师长在工作中的指导与点拨。他们在学术上高瞻远瞩的胸怀与洞若观火的眼光，在终审稿件时指出的问题，无疑提供了我们另一种形式的进修与深造的机会。回顾复刊以来的百期，我觉得尽管《美术研究》和改革的要求比也许还会有这样那样的不足，但历任领导和学报同人的协力，不仅取得了明显的成绩，而且办出了自己的特点。

我觉得，最突出的特点就是坚持了方向性与学术性的统一，就是在学术上坚持史论研究、教学研究与创作研究的并重。这里所说的方向首先是改革开放的方向，这里所说的学术性首先是以勇于探索、大胆创新、自由讨论和实践检验的精神去认识艺术规律，并推动教学、创作和理论研究符合艺术规律的发展。复刊第一期出刊时，正值我们开始确定毕业论文选题之际，所以印象极深。记得复刊词即以《勇于探索，大胆创新》为题，透辟地论述了艺术生产之特殊规律的多样性与独创性，深入地阐发了提倡学术上自由讨论对贯彻"双百"方针的重要意义。在那一期中，关于教学研究的重点文章，是以丰富的美术史知识和雄辩的教学实践论列"男女老少裸体模特是绘画和雕塑必需的基本功"的。邵大箴、钱绍武两位先生对这一艺术教育规律的说理进行了充分的阐述，有力地批判了被"四人帮"颠倒了的学术是非。关于史论研究的重点文章有二，一是王逊先生的遗作《苏轼和宋代文人画》，该文对苏轼具有理论创见的文人画论的剖析，揭示了古代画论从探讨构成艺术形象的客观方面到探讨构成艺术形象的主观方面的认识规律。之二是金维诺先生《中国早期的绘画史籍》，其文从学科建设的角度首次系统梳理了早期绘画史籍中的史学线索，探讨了先贤治画史所遵循的史论结合的法则。关于创作研究的重点文章，则是李可染先生的《谈学山水画》，此文兼顾创作与教学，从基本功到创作，从笔墨到意境和意匠，系统而全面地从艺术实践中总结了符合艺术规律的经验，发前人所未发。

其后，学报人员虽有更迭，但一直坚持了复刊时的编辑思想，多年来密切关注学术的进展，不断反映新的问题，开辟新的栏目。在教学研究和创作研究方面，学报一向注意倡导传承与开拓的统一。如果说"名师的足迹"专栏，旨在推动继承前辈师表德艺双馨的传统，那么自1987—1988年由各系探讨教学创作为主的各期，则有效地促进了总结多年行之有效的经验与探索适应新时期需要的改革统一起来。至于既组织素描的讨论，又大力刊发书法研究文章，正反映了我院结合中国传统探讨拓展基础教学内容的方向。在史论研究上，学报尤其重视积累与突破的统一、创造性与资料性的统一。选稿的重要标准即是否站在前人的肩膀上继续建树；是否在占有前人成果的基础上，使用了新材料，尝试了新方法，提出了新见解；是否具有填补空白的开拓意义；是否言之有物又有理有据地回答了或大或小的学术问题。此外，自觉地以学术民主的精神刊发学术商讨的文章，更是学报办刊的致力所在，对与钱钟书、王逊两位先生商榷的《苏轼文人画观论辩》的刊发，集中反映了这一努力。此外，复刊后的《美术研究》无论在史论研究还是创作研究上，都极为注意国外的学术进展，经常利用本院出访专家和旅外画家的独特条件，介绍海外研究的新趋向和艺术的新思潮，开阔了读者的学术视野，促进了对海外学林和艺坛的了解。

近年，随着学院改革的进行和国内外艺术的发展，从创刊至今已逾不惑之年的《美术研究》，已实现了编者队伍的年轻化，为顺应新形势的需要，办得更灵活了。开辟了环境与设计、当代艺术、画展述评等新的栏目。怎样在艺术刊物如云的今天发扬优良传统，发挥这一学报不可被取代的作用，已经正在引起年轻一辈的注意。作为一名参与多年工作的老"客串"，我觉得更广泛密切的联系以本院各学科学术带头人为基干的广大院内外作者，加强与各美术艺术刊物的交流，甚至通过开展学术活动而扩大高质量的稿源，可能也是需要的。另外，根据学院学科的调整，既可在专题中加强设计文稿的质和量，探讨绘画各科的交叉，也可以像一些大学学报那样，分为"绘画雕塑版""设计与环艺版"和"美术史论版"集中出刊，当然还应该探讨网络化时代办刊的新问题。最后谨祝学报在 21 世纪中取得新的成绩。

原载《美术研究》2000 年第 4 期

吴昌硕与齐白石的奥理冥造

百年以降，传统绘画受到猛烈冲击，单一创作模式已不适应时代需要，于是涌现出多种创作方向，可以概括为写实派、前卫派和传统派。如果认真研究传统派的作品，反思这一派发扬的传统，就不难发现他们对中国画创造奥秘的领会大有比写实派和前卫派高明之处。不应贬低写实派特别是其中为人生而艺术者的历史功绩，他们对中国画的改革，亦时势之必然；也不应褒贬前卫派，他们的出现亦在所难免。这里只就齐白石与其十分推崇的吴昌硕的铭心绝品，讨论一个为这一派所有而为别派所无的"奥理冥造"同题。而在我看来，这正表现了他们对中国画优良传统的发扬光大。

"奥理冥造"，见于宋代沈括的《梦溪笔谈》，讲的是中国画创造之理。他以宋画的实例，讲述艺术创作之理，深入透辟，在历代画家的认识和实践中，已成为中国画学的传统。齐白石体现"奥理冥造"的作品，首推《荷花影》，它完成于老人九十二岁高龄，奇思异构，意味隽永，不仅久已脍炙人口，就连老人自己也颇为自得。他在画上题道："麟庐弟得此，缘也。"意思是这样的作品，可遇而不可求。字里行间流露出不同寻常的自我评价。白石老人的志得意满是有充分道理的，道理就在于他"迁想妙得"地实现了"奥理冥造"。在这幅绝妙的作品中，他以作风豪放的大写意画法，用极为精练的笔墨，构筑了一个看似现实所有而其实现实所无的情境：在微波涟漪的水面上，有一枝似垂仍仰的娇艳红莲。水中莲花影子的形态与此相似，只是色泽略淡。不过它并非倒影，却也是似垂复仰向上开放的。荷影之旁，有一群天真活泼的蝌蚪，纷纷游来，以幻为真地追逐着那可望而不可即的荷影。

看过这张画，有些以自然之理为艺术之理的观者兴许要挑剔了。可能说，现实世界的水中但见倒影，哪有正影？也可能说，清风徐来，水波吹皱，水下的莲影岂能不受光线折射的作用依然完整如故？还可能说，水中的莲影是人在岸上看到的，水中蝌蚪何得而见？诚然，这些批评是言之成理的，不过所持的道理乃自然科学之理，或者系写实绘画之理，并不是艺术创造之理。如众所知，中国传统的写意画从来是师法自然而又从来不满足于如实摹写。优秀的写意画家，如李可染所说的那样，向来"不与照相机争功"，总是以来自现实的观察所得和真情实感为基础，以生活中的可视物象为素材，以本身为创造第二自然的造物主，驰骋想象，神与物游，从而在笔下创造出一个渗透着画家感情与思想的画境来。唯其如此，才能不致"心属物蔽"，窒息自由创造精神，才能靠着观者的"迁想妙得"，动人以情，喻人以理——不是物理而是哲理。

白石老人的《荷花影》正是如此。他描写了现实世界所无的情境，似乎于理有悖，然而可以使人会心，似乎不合常理，但合于情理。这情理来源于以美好心灵去体味自然的人们的内心深处。蝌蚪追逐水中莲影的天真执着，是人们欣赏的，不是欣赏其无知，而是欣赏其追求美妙事物的执着，画家在画里表达的爱，似乎是对作为描绘对象的蝌蚪的，其实是对从对象中体味出的勇猛精进锲而不舍的人们的。这种爱在白石老人腕下的表达，确切地说应该是爱怜，既爱其勇于追求，又怜其不谙真伪。其爱怜的深处，分明寄托着一种意味悠长的哲理式的感喟：热爱生活勇于追求真善美固然值得称赞，但还要饶于智慧，明辨真伪。即使是美的，如系虚幻，那追求岂不枉费徒劳！虽然，白石老人在这里并没有以画解物理为能事，倒是以多情善感的心灵和富于启示性的哲理去"寄妙理于豪放之外"。虽然白石老人的绘画并非幅幅都如此"奥理冥造"，但无论画蝌蚪清流的《蛙声十里出山泉》，还是逝世前不久所画恍如山顶夕阳枫林红遍的《鸡冠花》，都一样"意在画外"，趣味隽永，都因充分发挥艺术想象，不拘泥于摹拟物象，表达了"超以象外"的审美情感而"得其妙理"。

　　齐白石由衷服膺吴昌硕的艺术，曾有句云："老缶衰年别有才""我愿九泉为走狗"。追溯白石"得其妙理"的艺术渊源，可见与吴昌硕某些作品的一脉相承。吴氏的《富贵寿考》与《荷香果熟》即很有代表性。前者作于昌硕六十一岁，画一折枝牡丹插在瓷缸之中，花叶掩映，若有春风吹拂。其侧又画一石笋，底部如椎，未埋入土，一如八大山人悬于空际之奇石，无古无今，与天地同寿。凡熟悉国人欣赏习惯者，均可领略作者题词中的祝愿："大富贵亦寿考"，但若格之以常情常理，又会发现这笔下的景象在现实中得未曾有，那悬空石笋与缸中花王相互倚顾盼的关系均属虚构。后者作于缶庐六十八岁，画得更属离奇，一叶芭蕉自右上而垂向左下，本应交代叶柄生长规律之处都画上了两枝白荷，一轻舒漫放，一含苞未吐。在蕉叶接近末端的位置，悬空画有枇杷三五。左上自题："荷香果熟，湖水可烹茶"。本来，把生于湖水中的白荷与长在岸上的芭蕉安排在一起已悖常理，更何况荷梗不出于水中，蕉叶悬垂于半空，至于那附着于悬垂蕉叶上的枇杷，而竟有如壁虎全然不顾地心引力导致自由落体运动的宇宙法则。按自然规律求之，岂非咄咄怪事！然则，吴昌硕笔下这打破具体时空的画法实际上已把客观物象从原有环境中抽绎出来，作为构造表达特定审美感情的凭藉，尽管仍失大略的形似，却在相互关系上"以意为之"了。

图31　齐白石《荷花影》

讨论及此，难免忆起白石论画名句："妙在似与不似之间"。这正是吴、齐以及一切优秀写意画家用以"造妙入神""得其妙理"的手段。请看，在齐白石的《荷花影》中，荷花是似的，蝌蚪是似的，水中荷影的浅淡也略无不似，但由它们组成的画面及其彼此间的关系却是白石的艺术幻化，是现实世界所未有的，是不似的。也唯其如此，才得以充分表现出画家的真实感受与思索。吴昌硕的上述两幅画也具有大致相同的特点，孤立地看，石笋瓷缸与牡丹白荷，蕉叶与枇杷，都是似的，是按照客观物象进行艺术概括的，但画家改变了它们的存在方式，造成了生活中不可能出现的联系，也正因为如此，才恰切地表达了作者的生活情味与美好祝愿。

就此可知，"妙在似与不似之同"的"妙理"或"奥理"，在于分而观之并不忽略把握对象的一定形似，但合而用之又不完全如实描写，其关键是服从于捕捉审美主体对审美客体的感受，并出之以升华后的艺术表现。沈括和苏轼在论画中提出的"奥理冥造""得其妙理"，是一种强调艺术规律特别是艺术幻化规律的主张，是在重视"外师造化"的基础上对"中得心源"论的发展。深谙这一精义的中国历代优秀画家，越是善于"师造化"，也就越是重观"得心源"，为了使画比自然更完美，为了表达真挚而强烈的感受，抒发饱满的感情，寄寓来自生活感悟的深刻思想，他们往往不完全遵从自然法则，不甘作造物主的奴隶，总是高扬主体精神，甚至"以奴仆命风月"，因情造境，撷取现实中的事物，重新组合，借以构造美丽动人又足以交流画家与观者思想情感的动人意象与动人情境，似乎"超以象外"，实则"得其寰中"，仿佛不合物理，实则合乎情理。对于吴昌硕、齐白石这类杰出写意画大师而言，更实现了"寄妙理于豪放之外"。可惜，这样宝贵的传统，被相当多的一味追求国画写实和只知抽象为新进的人们忽略了。

原载台北《艺术贵族》1992 年 9 月

也谈京津画派

在我心目中，京津画派的名称出现较晚。去年十月，首次出版《京津画派》，由河北教育出版社推出，列为"中国画派丛书"之一，作者是我的同行朋友何延喆。何延喆界定的京津画派，地域是接壤比邻的京津两地，时间大略囊括整个 20 世纪，画家与流派既涵盖了引西润中改革中国画的融合派，也包括了借古开今吸收新机的传统派。他强调的是 20 世纪京津画坛的多元性与丰富性，如此包容自有他的道理。不过在此之前，在部分从事美术研究、美术收藏与美术流通的人们当中，已经有了京津画派的称谓，然而所指涉的京津画家与流派，大略仅仅以传统派为范围，不涵括融合派。

这也并不奇怪，原因是京津画派名称的提出，比京派绘画为晚。记得在 21 世纪之初，我和一些美术史界的朋友发现，在论及 20 世纪上半叶的北京画坛时，很多著作和文章还沿袭着 20 世纪五六十年代的认识，除去孤立地称道齐白石以外，总认为北京是最封建、最顽固的堡垒，是守旧、保守势力的重镇。然而，自湖南移居北京的齐白石，不仅恰恰在北京完成了衰年变法，而且与很多北京传统派画家是好友，他之脱颖而出又在参加传统派团体的日中联展之时。郎绍君弟子对金北楼等个案研究表明，以顽固守旧的说法来评价齐白石以外的彼时北京画家是不符合实际的。这是一个亟待重新研究的问题。

为此，我在 2001 年发表了《民国初期北京画坛传统派的再认识》之后，便与北京美协理委会的刘曦林副主任、单国强副主任、陈履生秘书长，一道向北京市文联申报了京派绘画研究的课题，同时以各种形式提倡研究 20 世纪上半叶的京派绘画。虽然我们申报的课题并没有引起审批部门的应有重视，但在郎绍君先生与我们不谋而合的努力下，一些国内外和两岸学者纷纷从个案开始做起京派画家来，其中尤以金城、陈半丁、徐燕荪和陈少梅等家的研究、中国画学研究会和湖社画会两个社团的研究收获最大，钩隐抉微，突破成见，恢复了被一度遮蔽的历史面目。

人们在研究中发现，20 世纪上半叶的京派，由于结成了超越地域的绘画社团，影响亦波及各地，津京近在咫尺，北京的湖社画会即在天津设有分会，所以津门的传统派实为京派的流脉。当然，京津毕竟一为传统文化丰厚的故都和"五四"新文化运动的发祥地，一为开放较早的沿海重镇和文化与商业并荣的都会。两者所处地位的不同，导致北京画坛传统派与融合派曾有过激烈的冲突，天津各派的杂处与兼容更明显一些。不过，若从研究 20 世纪上半叶的传统派而言，只涉及反映京派流风余韵的那一部分天津画家，也就顺理成章了。据说以研究陈半丁知名的年轻学者朱京生所申报并被获准的京津画派研究课题，对京津画派的界定大体也持这种意见。

假如按这种对京津画派的界定，那么该派的画家基本列籍于中国画学研究会和湖社画会。分析这两个本质上以"精求古法，博采新知"为宗旨的国画团体中的著名画家，可以发现以下几个特点：一是他们并非都是北京人，相当一些名家来自受到海派大小写意影响的南方，在艺术中感染了市民气息。二是其中的领军人物并不是故步自封的井底之蛙，相反却有着留学外国的经历，甚至对西方的古今绘画有着较多地了解。三是他们精研的传统，已不限于晚明董其昌以来的正统派传统，对于两宋传统（包括所谓北宗传统）、对于以石涛等家为代表的明清个性派传统、对于以郎世宁为先行的中西合璧传统，都有所取法。

其实，京津画派的传统派画家与融合派画家在文化价值观上，都是坚持民族文化价值观的，所不同者仅仅在于融合派的艺术更多着眼于艺术的经世致用和艺术语言的视觉观念之变，而传统派画家却坚守着艺术语言的民族性与继承性，坚持着艺术作为赏心乐事的娱情性，不大乐于接受西方的视觉观念。传统派画家也并非一味临摹，而是和融合派画家一样地重视写生、重视师造化，但主张"以古法写生"，以便继承发展传统的艺术语言。因此，可以说，20世纪上半叶京津绘画的发展，是在融合中西的改革派与借古开今的传统派的互动与互补中实现的，把两者完全对立起来的看法，是特殊历史条件的产物，是站在改革派立场发表的极端看法。

一般而言，京津画派成员的范围，大体包括在京津两地加入中国画学研究会、湖社画会的会员之中，满族画家组织松风画会的会员也在其内。他们虽然富于传统文化修养，诗书画兼擅，但已属主要靠卖画及在美专教学为生的近代知识分子。其中的名家主要有金城、陈师曾、姚华、周养庵、萧谦中、萧俊贤、贺履之、余绍宋、徐宗浩、汤涤、金陶陶、溥心畬、溥雪斋、陈半丁、胡佩衡、管平湖、俞明、徐燕荪、马晋、刘凌沧、吴光宇、吴镜汀、秦仲文、惠孝同、赵梦朱、王云、于非闇、王雪涛、汪慎生、祁井西、田世光、陈少梅、刘子久、张其翼、颜伯龙、李鹤筹等，齐白石的弟子李苦禅、许麟庐等亦应列入，但在已出版的美术史中，上述画家大多付之阙如。

如今，随着经济腾飞，人们多方面审美需要诉求的增长，收藏鉴赏风气大盛。收藏家与从事艺术品经营的人们，已无法满足于只关心过去绘画简史上列名的少数画家，而是实事求是地开拓疆土，发掘宝藏。所以，总起来看，学界对历史遮蔽的京派画家的研究，尽管意识较早，却远远赶不上市场从业者的多知与勇敢。举例来说，我上中学的时候，常在画友张兆基的家中看到王心竟的山水，记得这位画家钟意北宗，画风有些接近陈少梅，但对其人一无所知，也未曾听到美术史家提及，直到近年他的作品不断在拍卖会上出现，才知道他也是金北楼的弟子。这样看来，按治学的规律和市场运行的规律，京津画派不仅会有越来越多的深入研究成果问世，而且其市场的势头是会越来越好的。

2006 年 7 月

原载于《中国书画》2006 年第六期

打假需赖真鉴

伪作以假乱真，混淆视听，带来了投资者的困惑，玷污了艺术市场，败坏了书画家的声誉，于是有了打假的呼声。市场活跃之后，一些传媒的文化娱乐节目，也搞起了辨伪，辨者偶有失步，影响尤为巨大，呼声于是更高。自古以来，打假呼声一直不断，因为作假者欺世盗名，品行不端，非法谋利，鱼目混珠，不利于艺术的发展传承，也不符合物有所值的天理。而打假的态度，却因人而异。缺乏眼力的投资者，无疑最支持打假，爱惜名誉的书画家也支持打假，但也有的书画家，不愿意为诉讼浪费创作时间，无力打假。还有的书画家，认为别人用自己的名字混口饭吃，对此不必太吝啬。

书画家专心创作，不会是打假主力，上当的投资人显然会全力以赴，但要三个方面的支撑。一是完善立法，制定作伪惩治法，立法之后，诉诸法律，依法处置。二是加强舆论，反复宣传，以强大的媒体网络，揭露作伪行径，总结打假经验，使作伪者如过街老鼠。不仅仅以活跃市场和丰富文化生活为目标。三是道德谴责，不要以作伪乱真为荣，而要以造假赚钱为耻。据说古代作伪者有亏心意识，伪作总要留点破绽，以便有水平的人识破玄机，他们认为如果不留马脚，想骗一切人，就会受到天谴。如今作伪的人都大无畏，不相信天谴了，所以要加强道德谴责的力度。

然而，除去道德谴责之外，无论诉诸法律，还是舆论揭露，前提是必先辨明真伪，确实是伪作作品与作伪行径，打击才准确无误。辨真不能只靠经验，也不能只靠权威，要靠科学的铁证。明代鉴藏家张丑把善于辨别真伪者叫作"真鉴"，把善于区分艺术优劣者叫作"真赏"，打假需靠真鉴，真鉴离不开做学问的寂寞之道，对学术的尊重不是借给顾问的名字。做学问的人，坚持严肃认真的研究，把老的作伪和新的作假研究透了，有了更科学的检测标准，虽然未必有时间参与打假，但却为打假准备了条件。

原载《中国书画》，2007 年第 8 期，

"中国市场如何打假"论坛

张大千画展与画家研究

　　自从绘画作品进入市场，真伪优劣问题就摆到了鉴藏家与美术史家面前。随着近现代名家画作在市场上的流通日增及其画价远远高于古画，从事画史研究的人们便经常被咨询真伪优劣问题，我就多次遇到持吴昌硕、齐白石、张大千等家作品来鉴别真赝者。这说明，美术史家与兼事史论的画家已不能满足于对近代名家的宏观把握与感性认知，有必要系统、深入而全面地研究近现代名家的独特成就与艺术历程，并及时地以办展、出版图录乃至专著的形式向社会推出研究成果。在这个意义上，美籍中国著名美术史家兼书画鉴定家傅申举办的《张大千回顾展》及展览图录向我们提供了有益启示。

　　去年 12 月，在美国华盛顿特区沙可乐美术馆开幕的这一展览展出以后，获得很大成功，如今已迁至纽约亚洲协会展览馆继续展出，其后还将移至圣路易斯博物馆展览到年末。由于这个展览以弗利尔博物馆兼沙可乐美术馆东方部主任傅申高级研究员的多年研究为基础，系统地呈现了张大千艺术历程独具的特点，显示了张氏雄厚而广泛的艺术渊源及其风格变化的来龙去脉，披露了张氏临古、伪古的精能绝诣与其高妙手段，反映了张氏由入古到出古而独创的不断追求，从而取得引人注目乃至震撼藏家的显著收效。对此，笔者年初已有耳闻，今年4月又有幸应邀出席在美国举行的董其昌国际讨论会，乃于会后至沙可乐美术馆访问傅申，详细了解他办展的缘起、筹展的构思与展出后的收效等等，觉得颇受启迪。

《张大千回顾展》与国内名家晚年自办的回顾展不同，它是在张大千去世后且没有大千家属与门生弟子参与的情况下由学者独立操办的。操办者无意为久已声名藉甚的张大千锦上添花。相反，倒是为了迎接张大千曾以伪作乱真困扰了一系列知名美术史家与鉴定收藏家的挑战，还历史以本来面目。如众所知，张大千与近现代许多名家不同，他集收藏鉴赏家与书画家于一身，对古代画史画理有较深入而具体的了解，眼界开阔，修养丰富，足迹遍于各地，在很长时间内以"血战古人""伪而乱真"为能事。因此，认真区分他的"述"与"作"，源本古人与师法造化，争能于古人和争能于洋人，就显得尤为重要。基于此，傅申把筹展过程当成了研究过程，毕数年之功，尽可能详尽地占有一切资料，以对张大千涉猎的所有古代画家的个案研究为基础，详考其生平经历，追纵其游历所经，由表及里地分析张氏绘画的渊源流变，必欲知其然更知其所以然而后可。因此，展览会的规模虽不可谓很大，全部展品不过87件115幅，但这些借自美国、中国台湾、日本、中国香港、马来西亚、巴西、加拿大和澳大利亚私人藏家及沙可乐本馆的作品，则是在充分研究的基础上选出的。在傅申的办公室内可以看到，他所收集的张大千的材料卷宗，几乎已占据了一面墙的书架，出几本书已绰绰有余，我们不得不为他研究的精湛与取博用精的治学态度所感动。

也正因为有此充分研究，他举办的张大千回顾展才可能体现出独到的构思。论其构思，至少可以看出如下特点：一是充分显示张氏艺术的渊源与风格的演变。比如，极少有人知道张大千早年绘画师承李瑞清并曾私塾任伯年。而展览中的《松梅芝石图》与《东坡赤壁图》恰可说明这一问题。二是对比呈示张大千自题临仿古人之作与其冒名伪古之作。前者如《临石涛山水轴》《临刘道士湖山清晓图》和《仿八大安晚轴》，后者如《伪石涛山水小帧》《伪梁楷睡猿图》及《伪石溪黄峰千仞图轴》。两相比较，有利于鉴真辨伪。三是适当展出张氏应酬之作与不经意的习作，借以显示其作品的精粗之别。

最能反映傅申研究大千成果的是配合展出而编写的图录。这本定名为《向古人挑战》的图录，图文并茂，论述详赡，正图每每配以追溯其源流的附图。全书可分为五大部分。第一部分，分述张大千的时代、生平与早期艺术渊源。第二部分，分述张大千的绘画理论与美术实践，讨论其模仿与创造、传统的继承、题材与工具、鉴赏与收藏、摄影与写生、集古之大成。第三部

图32 薛永年《仿张大千仕女》方壶楼藏

分评析张氏的风格与技巧，分人物画、花鸟画、山水画、泼水泼彩画等方面论述，并附价格表。第四部分属于附录，计有张大千年表、用印、早期伪作、造园与营建住所、字号别名。在几大部分的有机结合中，傅申全面地披露了他对大千研究的结论：张大千是一个兼有鉴藏家、美术史论家造诣的博学多才的书画家，又是一个心雄万夫志在超今迈古的艺术家。他前半生为了证明自己不亚于古人而一再向古人挑战，始而学清，继而学明，再而学元学宋，必以乱真为能事，不惜以作假骗人的狡黠来证实自己的本领。在其后半生，大千又进一步向已经冲破传统卓然成家的年轻一辈挑战，向风靡西方艺坛的西方现代绘画挑战，为此发明了泼水泼彩画法用以构筑具有一定抽象意味的情境，并以水墨作石版画，探求前无古人的肌理感。晚年，他又向自己的老病抗争，创作了若干鸿篇巨制。

图录中最饶有兴味的内容，是张氏作品与所学所仿的原作图片的对照，直观可视、一目了然地揭示了张大千的艺术渊源与摹古绝技。比如，为了说明张氏《梁楷睡猿图》是伪作，便刊出了大千作伪所依据的法常派《睡猿图》，为了证实《唐张萱明皇纳凉图》为张氏赝古之作，便刊布了日本桥本关雪所绘的《明皇纳凉图》。为了显示张氏以摹古乱真的本领从事作伪，便配合展出的《临刘道士湖山清晓图》，刊出大风堂所藏传为刘道士的原作以及张大千据此作伪的关全《崖曲醉吟图》，等等。不仅如此，为了全面反映少为人知的张氏艺术渊源及其变现实为艺术的过程，图录中还比较了日本画与大千深受日本美人画影响的《午后小憩图》，对照了张氏黄山摄影作品与据此伪作的《弘仁山水扇面》。因此，这本展览图录不仅尽可能客观地揭示了张大千的艺术追求与风格变化，而且对张氏作品的鉴别真赝也提供了极有说服力的证据。

尽管张大千的作伪并不以牟利为主要目的，但他为了显示自己摹古与集古大成的雄心，却造成了收藏赏鉴家、美术史家与社会公众的困扰，因此实事求是地还历史以本来面目便成了美术家与鉴定家责无旁贷的神圣天职，非此亦无法评价大千艺术的历史贡献，一切空论将在史实面前黯然失色。唯此之故，傅申敢于选择这样一个可能招致某些大千亲属门生非议和误购伪作藏家不满的课题，正是一个严肃的美术史家不为尊者讳的可贵品质。史笔如椽的力量，也表现在这里。

现在，国内外近现代名家的伪作及伪作中的劣品不断涌现，虽多数已非名家伪作古人，而是名家被人伪作，但它造成了鱼目混珠，极大地败坏了画家的声誉。对此，我们举办展览的单位，我们的研究家，我们的出版家，是否除了为名家锦上添花之外，也做些为藏家与社会欣赏者雪中送炭的工作，是否除了撰写发表宏观得有点空泛的论文论著之外，也撰写出版点扎扎实实使读者切实认识名家独特造诣与独特成就，有助于辨别真伪优劣的书籍与经过认真研究的画册呢？对此，我寄予希望。

原载《中国画研究院通讯》1992 年第 3 期

也谈国画传承

　　远在上世纪 50 年代，为了发展传统的民族绘画，在周恩来总理的支持下成立了北京中国画院，后来改成了北京画院。在新时期的拨乱反正中，由老一辈革命家和画坛前辈推动成立的中国画研究院，近年亦改名为国家画院。顾名思义，画院之不同于中国画院，主要在于绘画品种的丰富。画院对于发展中国的油画、中国的版画、中国的水彩画、中国的水粉画，无疑是有益的举措，此外也有利于不同画种近距离的交融，但却失去了成立中国画院以推动中国画传承发展的初衷。在文化建设的高潮中，国家级中国画院的消失，不免使人想到中国画的传承问题。

　　中国是一个历史悠久的国度，文化的连续性成为一个重要特点。中国绘画自产生以来，也一直在传承中发展，从来没有间断。历史经验告诉我们，没有传承就失去了发展的基础，没有发展传承也成了一句空话。那么，《美术观察》为什么把国画的传承提出来专门讨论？我想，他们大概基于两点考虑。一是 20 世纪以来对国画的主流认识是变革不是传承，二是在变革意识下并非没有传承，但传承的主流不是文脉而是技艺。在新世纪的文化建设中，反思这一问题，既是一个深化理论认识的问题，也是一个关系到国画创新接续文脉的现实问题。

国画是20世纪才有的称谓，在此以前，国画就叫画。在精英人士的心目中，画不仅是一种技艺，而且是一门学问，远在宋代就出现了皇家美术教育机构——画学。画学的训练除去技能，还要教授说文、尔雅、方言、释名，甚至经书。人们同时认为画更是进道的途径，所以符载评张噪画说："观夫张公之艺，非画也，真道也。"因此所谓的传统，既有艺统、学统，又离不开道统。艺统是就技艺的传承而言，学统是就知识的传承而言，道统是就人文精神的传承而言。谈国画的传承，最重要的是道，是民族文化精神的接续。

古代的国画产生虽早，但自魏晋南北朝艺术自觉以来，它的功能越来越自觉地偏于熔铸人的心性品格，提升人的精神境界。在山水花鸟画中，追求的是人与自然的和谐，是人的内心脱离低级趣味后的和谐。在人物画中追求的是社会的和谐，不能否认，其中一种属于认同纲常名教秩序的和谐，但另一种则是讴歌高风亮节，展示人品高尚内心的和谐，正是在这种和谐的追求中寄托了艺术影响于心灵的终极关怀。也应看到，虽然主流是追求和谐，然而并非绝对没有征服自然的颂歌和批判社会弊端的画谏，但从对个体心性修养入手发挥绘画的精神感召作用，毕竟成为绘画传统的主要方面。20世纪以来，特别是五四运动以来，中国在内因外力作用之下，从农业文明走向工业文明。当时社会改革家，无论是戊戌变法的领袖，还是早期的马克思主义革命家，他们对传统中国画的批判，大多企图以科学和民主的精神改造中国画，把画作为改变旧传统传播新思想的工具，进而推动社会变革。康有为之提倡形似，力倡以郎世宁为太祖，关键在于改变"有如持抬枪与五十三升的大炮战"的落后局面。陈独秀之批判临摹仿抚，打倒王石谷，在于引进有利于唤起民众的西方写实主义。至于后来山水画中的改天换地，征服自然，烟囱林立，直接动机是歌颂生产建设的成就，但深层的意识则是熏染了西方的天人两分观念。

诚然，晚清民初的中国画，脱离自然，丧失感受，陈陈相因，无所创造，无疑是应该批判的。但郎世宁的中西合璧的作风，仍然没有脱离封建的皇家趣味；写实观念固然可以引导画家贴近现实，也确实极大地推动了20世纪中国人物画前所未有的发展，却不意味着只有写实才能实现人文关怀，也不能保证写实画法就肯定会表现民族的文化价值观念。我赞成这样的认识：20世纪对传统国画弊端的批判，在某种程度上受到了唯科学主义的影响，比较着眼于工具理性。尽管也有背后的价值理性，但那价值理性尚不曾与民族文脉的传承有机地结合起来。这个问题引起高层的重视，可能是在40年代以后了，但也还较多地是谈民族风格与民族气派，而并非民族文化中积淀的文化精神。虽说20世纪以来，中国画在挤迫中延伸，在限制中发展，但还不能说是断裂，在早期的艺专中有国画科，在美术院校获得发展以后有国画系，甚至20世纪五六十年代以来还有了国画院。可以说尽管主流的声音是改造国画，但不是只有一种声音，在传统的基础上发展，也是一种声音。比如在五四时代，针对以院体为正宗，针对引进写实主义，就有陈师曾《文人画的价值》，强调"画之为物，是性灵者也，思想者也，活动者也，非器械者也"，主张以人品、学问、思想、才情，实现其以人感人、精神相应的人文关怀。在"八五新潮"中，还有一种声音，认为国画连改造的可能也不存在，即所谓穷途末路论，这已经不是改造国画，而是取消国画了。

就20世纪以来国画的教学而言，同样也有一强一弱的两种声音。两种声音也不只表现在技艺层面，尽管持改革论者强调写生，持在传统基础上发展论者强调临摹和古法写生，但持改革论的徐悲鸿就主张有学有艺，潘天寿更主张国画教学需要传统学养的训练，甚至明确提倡表现文化精神的诉求——格调。近些年来虽然大的环境是弘扬优秀传统的精神高涨，但是在中国画领域，由于德高望重的权威专家的带动，笔墨成为影响广泛的话题，其后被简化为书写性的写意精神的提倡也一度成为热点。从历史发展来看，开始有笔无墨，稍后笔墨并重，那时候笔墨是服从于形象的，再后来则追求笔精墨妙，笔情墨趣，笔墨开始与妙在似与不似之间的图式结合在一起。笔墨为什么要发展，有人说是从内容的诉求转变为形式的诉求，其实未必尽然，笔墨由状物的要求到写心的要求，从主观愿望来说，是文化精神表现的强化，是性灵感情表现的自觉，是民族艺术本质认识的深化。然而，当今谈笔墨的论者，大多只就其语言方式的民族特点致思，甚至脱离图式谈笔墨，忽视了笔墨与境象、境象与价值的关系。因此缺乏学理的深入性。我既有文辩之，兹不赘述。今天讨论国画的传承问题，就横向而言有三个层面：媒材工具、艺术语言、文化精神。就纵向而论有三个传统：艺统、学统、道统。就前者而论，媒材工具可以而且应该在发扬固有的特色上拓展，艺术语言也不是不可以在保持民族思维方式、把握民族提炼方式的前提下适当吸收外来语以丰富其表现力，但在文化精神方面则不能不传承文脉，传承具有普适意义关乎实现艺术本质和终极关怀的三个和谐的民族文化价值观，并与时代核心价值观相结合。就后者而论，艺统要传承，学统更要传承，而最关键的传承是道统，是建立在天人合一基础上的和谐观和精神生活的高格调。

传承民族价值观念，和谐显然是重要内容，但并非不要指鉴贤愚，也无意取消干预生活的热情，只是提倡出发点的自觉，提倡把弘扬民族传统中的这一部分与简单舶来的西方观念区别开来；只是提倡把经世致用与自我心性品德的修养自我完善紧密结合起来。正像历来的创新是自觉的一样，国画传承也是自觉的，这种传承的自觉浸润着画家对恒久深邃的心灵境界的渴慕，也是对传统基因的明智把握，更是基于当今文化建设需要对国画的道德目标和人文目标的重建。

本文为了深入地说明传统，借用了新儒学的学统和道统概念，需要指出的是，无论艺统、学统，还是道统，都是在发展中一以贯之的稳定因素，由于传统是不断丰富发展的，全面地认识这些跨越了历史时空的因素，还有待于并非孤立地、片面地、静止地深入研究。在传承的研究中，自然不会割断历史，但也还要警惕脱离古今世界环境。在中国孕育生成发展的文化精神早已融合消化了异质文化的有益成分，而且随着人类面临的共同问题显现了普适意义。在学风浮躁、名缰利锁缠绕的画坛，有远志的画家一定会把自己的创新连接到伟大的传统上，把文化托命与普适的人文关怀结合起来。

原载《美术观察》2008 年第 10 期

书法当代标准的"三性"

　　书法作为一种艺术，这些年一直很热，书家蜂起，作品纷呈，展览频仍，评奖不断，市场流通尤为活跃。无论展览评选、报刊发表、评奖活动还是市价评估，都有一个标准问题，或隐或显，左右着人们的认识。由于书家有流派之异、评选专家有主张之别、市场评估专家更有特殊的着眼点，于是评价标准也就出现了差异或歧义。在这种情况下，《美术观察》组织书法标准的讨论，完全必要，大大有利于推动学术和艺术的发展。尽管书法家和爱好者均可以为各地参政议政的委员和书法组织的主席、副主席，并不太高明的汉字书写也可以当成书法，甚至获得市场高价，但书法学毕竟是学术，书法艺术毕竟是艺术。评量的标准自然是针对书法艺术的。四十年前，举凡评论艺术，主流认识都讲两个标准，一个是政治标准，一个是艺术标准。当代的书法品评，政治标准也还会用于考察书写的文辞，而人们讨论的着眼点则是这一独特艺术的艺术标准。

　　艺术标准的重要一条自然是创造性。值得注意的是，书法艺术作为一种积淀深厚的传统艺术，其创造性的体现有着自己的轨迹。自从书体演变完成之后，书家的创造始终是风格的创造。可以被称为书法家的人们，都在既定的汉字框架之内，依赖既有的点画运转，与时俱进地推出了千姿百态各不相同的风格。尽管古代极少专门的职业书法家，但在评家心目中，绝不是能写汉字的都算书法家（缺乏创造性的拓书人和写经的经生就不算书法家），也绝不是作品有个人特点的都算好书法家。历来对书法的品评，首先看入不入品，所谓的神、妙、能、逸，都是针对入品者而言，不入品的作品也是书写汉字，也有个人特点，甚至在司法鉴定中，也完全能区别真伪，作为证据，但不具备书法艺术之美，从来不属于艺术。当下的问题是，在一些传媒中，不入品的汉字书写也成了书法艺术品，评价标准的模糊不清，可见一斑。

讨论书法标准问题，第一要区分的是：属于书写的汉字还是真正的书法艺术，这是够不够书法艺术的问题，入不入品的问题。第二要区分的才是：书法艺术作品的高下。自从毛笔被硬笔接着被电脑取代以来，能拿毛笔写汉字的人日益减少，于是出现第一种混淆，以为毛笔写的汉字就是艺术，能拿毛笔写汉字的人就是书法家，不去讲求有无艺术性，这是天大的误解。第二种混淆也出现了，那就是以为写得与别人不同就是有艺术个性，就是创造，只要异不要好，不去区分风格与习气，不去区别什么是非书家也具备的个人特点，什么才是经过训练、接受积淀理解了艺术美又有创造的书法艺术的个人风格。这又是当代某些论书者进入的误区。当代选评书法者或者说掌握评选话语权的人，有些并没有从误区中超脱出来。

考察历来堪称书法艺术的作品，大多具有三性：一是历史积淀性，二是所处时代性，三是本人的艺术个性。当代书法的品评，似乎也不能不从这三个方面着眼。不过书法艺术早已被视为中国文化的核心，从汉字的造字，到书法的自觉，到书风的创造，书法艺术早已积淀了体现艺术美的诸多要求，除去个人性情的表现外，特别看重生命意识和宇宙意识的表现，如传为卫夫人《笔阵图》所称的"筋骨肉"，孙过庭所称的"情动形言取会风骚之意，阳舒阴惨本乎天地之心"。思考当代书法的品评标准，在三性之中，历史积淀性是非常重要的。所谓历史积淀性，就是超越了时代性的恒常性，反映了中国书法艺术的本质，非此不足以最大限度地发挥书法艺术的表现力，不足以求得点画结构像自然一样地实现了多种矛盾的统一和谐。

刘勰说："文变染乎世情，兴废系乎时序。"一个时代的物质条件、审美好尚都不可避免地影响到书法，没有时代性的书法作品实际上从来没有过。"晋人尚韵，唐人尚法，宋人尚意"，都是对书法时代性的描述。但是20世纪以来，中国的社会、文化、审美都发生了深刻的变化，彻底改变了书法艺术生存发展的主客观条件。其实用性减弱了，独立的审美价值更加彰显了，书法成为与绘画、雕塑甚至观念艺术等并驾齐驱的艺术，以书法为文化人"立德、立言、立功"余事的历史被翻过去了，取而代之的是以书法为业的书法家日益增多，近三十年来尤为明显。于是探讨书法现代性的人们，开始把书法看作抽象艺术、视觉艺术，从书法家感知的现代节律、现代视觉经验吸取源头活水，向西方现代艺术借鉴当代性，并使用古人没有见到的现代出土的书法资源，这是很有道理的。但书法又无法割断传统。

由之，在当代书法品评中，对于恒常性与当代性关系的理解，至少出现了两派。一派侧重当代性，推崇强化视觉效应与强化艺术个性的作品。为了突出艺术个性，提倡实现创作书写中的精神自由和天真发露，便引导疏离千百年来被视为经典的书法，主张从民间书法碑刻中吸取突破古法的自由生机。为此高度评价视觉冲击力，力倡重视章法结构胜于重视笔法，肯定视一幅为一字的整体意识，在结构上的夸张变形，在笔法要求上有所简化，不再要求一点一画之工，不再讲求"无往不复，无垂不缩""欲左先右""一波三折"等古法，甚至推动书法的书写性向绘画性和构成性靠拢。另一派更侧重恒常性，此派持论者出于对近百年来社会文化变革中传统一定程度断裂的忧虑，虽不反对当代书法应有当代性，但更看重书法的文化性与稳定性，把天然看作"功到自然成"，讲求"书法有法"，力主对经典性作品的充分理解和学习，重视"功力"，更强调书内功夫与书外功夫的统一，重视在继承的基础上吸收新机。

我觉得，在当下情势下，文化趋于多元化，艺术家创作更加个性化，公众精神需求更加多样化，制定统一的当代书法品评标准，实际上是一种理想化的愿望，并不是可以付诸实现的措施。而最有益于普遍提高当代书法品评的举措，则是开展联系实际的讨论，各派品评者均可兼听则明，有效地在本文前述的三性的内在联系中，损益原有考虑过于简单的标准。比如侧重当代性的品评者，可以多思考一些历史的联系，多考虑一下如何使当代性与历史积淀性统一起来。不要简单地以为古代书法只有实用性没有艺术性，当代的书法只有艺术性没有实用性，请看诸多牌匾不是仍然在请书法家挥毫吗？也不要以为古代的书法都在案头把玩，当代的书法唯一可以展示的场所就是适于大幅作品的展厅，请看住宅、宾馆不是已经在布置小幅作品了吗？侧重于传统恒常性的品评者，可以多注意一下随着社会的发展和城市化的进程，人们审美领域的扩展，特别是当代所获得的前所未有的感觉经验。更多思考一下传统在新变中的发展，须知传统是在发展中延续的，有些具有往昔时代性的小传统，已经被历史扬弃了。

不过，从总体上看，从多数书法家的素质、他们对西方艺术文化的了解往往胜于中国传统而言，他们对当代审美心理的认识多非来自新的感觉经验而是别人的理论而言，我个人认为深入研究并认识经过历史反复检验真正属于书法标准中的恒定性因素，以此为基础吸收新机，也许是由书法热走向中国书法伟大复兴的当务之急。

原载于《美术观察》2008 年第 6 期

国画发展与书法素养

　　古代的中国画，向来与书法密切关联，人们称之为"以书入画"。所谓"以书入画"，总起来看，表现在两个方面：一是诗书画的结合，这种结合出现得稍晚一些，主要是元代以后；二是以书法式的笔法状物写心，这种意识出现得很早，至少晋唐已经自觉了。20世纪以来，传统派的中国画，除适当吸取写实因素外，大体与古代中国画的"以书入画"无异。融合派的中国画，普遍放弃了诗书画的三结合，但并非一律无视以书法用笔入画的经验。其中水墨写实型的中国画，状物的线条仍然是书法式的，依然讲求笔法的表现力。而彩墨抒情型的中国画，尽管抒发的诗情是中国式的，也使用来自民间艺术的线条，不过线条已不受书法艺术中笔法规范的束缚了。

　　新时期以来，中国画出现四种形态。一是水墨或彩墨写实形态，这类画家大多在继承近代水墨写实的基础上，探索写实造型与三维空间中质感、体感、光影和肌理，发展了用笔用墨形态。但对书法式的笔法，突破多于继承。二是彩墨抒情形态，这类画家基本发展了近代的彩墨抒情，引进了抽象因素构成意识和淋漓喷涂技巧，有意识地挣脱书法式的笔墨表现。三是新文人画形态，这类画家固然表现了现代意识，吸收了古代民间艺术的营养，但和近代传统派的中国画一样，仍然实行着诗书画的结合，讲求书法式的笔法。四是实验水墨形态，此类画家多数纵然高度重视宣纸、水墨与毛笔的特殊效能，但艺术观念倾向于西式的抽象或构成，艺术表现手法也多借鉴于西方，更不受传统书法式笔墨的左右了。

从以上的梳理可以看出，古代传统形态中国画在发展增益的过程中，原有的书法意识与书法因素也在不断丢失。当下在中国画的评论和讨论中，与书法有关的术语是"书写性"，换言之，"书写性"成了当下人们理解书画关系，特别是以书入画的全部。然而，却没有人去论述书写性的内涵。需要注意的是，传统的以书入画，本质上是以书法经典反映的书法意识和表现高度入画，而不是任何没有艺术性的汉字书写习惯入画，这在硬笔书写和电脑打字代替了毛笔书写的情形下，不加研究讨论，极易以讹传讹，以致丢掉以书入画的精义。

传统的汉字书法，既是一种含蕴深厚的书法文化，也是一种中国式的抽象艺术，还是有个性的书法家在笔法连续运动中留下的轨迹，虽然它远离了具象，但在传统的书法认识中，一篇书法、一个字的书写，乃至一个点画，都既是一个宇宙，又是一个生命，更是书家的心迹。从宇宙意识而言，对立统一的运动变

图33　元　赵孟頫《秀石疏林图》，故宫博物院藏

化，无外"阳舒阴惨，本乎天地之心"。从生命意识而言，不但要有"筋骨肉"，而且要有"精气神"。从心迹意识而言，不仅要表现感情，所谓"情动形言，取会风骚之意"，并且要表现书家的性情、个性、格调与精神境界。

过去，深谙中国哲学美学的专家指出：中国书法是中国文化核心的核心。把书法提高到文化高度来认识，可能有两点值得注意：一是中国书法是汉字书写的艺术，它的"远取诸物，进取诸身""指事""会意"等构成原理，都离不开中国人把握世界的思维方式；二是历代积淀的用笔要求，比如"无往不复，无垂不缩""欲左先右，欲下先上""如折钗股，如屋漏痕，如锥画沙，如印印泥"，还渗透了充满辩证的中国哲思。理解这一点，我觉得对认知中国书法影响中国绘画的内在脉络是很有必要的。

今天反思中国画家书法素养的经验，如果既不以西方的标准为标准，又不拘泥于近百年来各家各派实践中的选择，那么不难看到，诗书画结合的综合形式，无疑扩大了画外意，不失为一种古人的开拓，但书法在三结合中主要是从属于书写诗歌的。今人强调的书写性，也只涉及了运笔的过程、内心的律动，似乎并没有抓住以书法素养入画的深层内核。如果从文化上解读以书入画，我看主要在于笔法线条在运动中含有的宇宙意识、生命意识、心迹意识和书法用笔中的辩证统一。从这个意义上说，当代各种形态的中国画家，提高书法素养，都可以从前人的以书入画上得到文化和哲学层面的启示，不仅不会束缚创造，而且可以使自己的艺术更有内涵、更有厚度、更有高度。

原载于《荣宝斋》双月刊，传统艺术版，2010 年 2 期，总第 63 期，2010 年 3 月出版

小议中国画缺什么

　　当前中国画繁荣兴盛，题材丰富，风格多样，探索广泛，颇多创新，饶有时代气息，名家的个人面目也颇显著。但从整体看，从发生影响的作品看，致力于跨界而取得成效的，比较众多，在旁收博取中强化原有特色者，相对不够。编者希望谈谈中国画缺什么，我想，要弄清缺欠什么，除去从艺术与生活的关系考量外，还必须进行横向与纵向的比较。横向比较，解决进入国际语境的欠缺，非此不足以弘扬中华文化。纵向比较，解决文脉传承的欠缺，非此不足以确立民族身份。

　　开放以来，中国画家进行横向比较多，在创作中，重视了问题意识、创新意识、语言方式、视觉观念和媒材效能。就此对欧美艺术、日本艺术，都有不同程度的资取。纵向的比较相对较少，或者偏于浅层，或者偏于一隅。于是，在当代中国画创作中，出现了几多几少。接近其他画种的多，在传统基础上出新的少；工细刻画的多，写意提炼的少；注重视觉冲击的多，讲求蕴含内美的少；对客体再现下功夫的多，发挥主体"迁想妙得"的少；为树立个人图式而出新的多，追求深层文化积淀的少。

传统中国画的"妙在似与不似之间"，表面是讲造型，实际上贯穿了意境、笔墨和体现造型观的图式。如果以传统的图式、笔墨和意境三者观照当下中国画，可以发现，近年中国画的造型图式，追求绝似的较多，追求"似与不似之间"的每每把握不好分寸。至于笔墨和意境，虽有开拓丰富，但缺失了一些千百年积淀下来的因素，恰是这些因素，关系到思维方式与文化内涵的传承。就意境的创造而论，大家普遍重视情与景的统一，但缺乏"画外意"。就笔墨的内涵而言，大家既以其再现又用其表现，甚至理论家一再强调"书写性"，但可能由于理解的偏差，中国画的书写性仍在丢失。

所谓"画外意"，与诗化思维有关，要求借助有限而超越有限，不满足于"作诗必此诗"，主张借助比拟、联想和想象，"见青山白道而思行"，"见平川落照而思望"，拓展景象，甚至提升境界。明乎此者，往往在画内注入来自生活阅历和文化修养的感悟，使神思跨越时空，让观者的体悟由画内而画外，获得精神满足。清代的梅翀，所画《老松灵芝》，枝干均朝一边仰而复垂，颇似山的结构皴法，其上松叶则近乎皴间苔草，于是所画的松，是松又是山，以形的近似，比拟取意，强化了祝寿的立意。

齐白石的《他日相呼》，画两只雏鸡争夺一条蚯蚓，全力以赴，互不相让。上面题着"他日相呼"。可以想见，在齐白石的知识库中，有《韩诗外传》中把"鸡有五德"之一解释为"得食相呼"——不吃独食，有团队意识。但他看到的小鸡，却在争食，他于是想到，鸡的美德看来也不是天生的，须经过教育和磨炼，小鸡长大之后，就会礼让了。他画的是家禽，却表达了关乎美德的感悟，提升了立意的精神境界。

钱松岩的《红岩》，画重庆红岩村革命圣地——抗日战争期间中共南方局所在地。纪念馆边的芭蕉，用白描双勾表现，以突出染成红色的山岩，红岩映日，又如红旗招展。他题诗说："风雨万方黑，红岩一帜红。仰钦奋彤笔，挥洒曙光中。"可见，他描写红岩村时，联想到抗战时期中共南方局的丰功伟绩，迁想妙得地注入了缅怀革命历史的感悟。

所谓"书写性"，与"以书入画"相关。传统的"以书入画"，本质上是以书法经典反映的书法意识和表现高度入画，而不是任何没有艺术性的汉字书写习惯入画。汉字书法，既是一种含蕴深厚的书法文化，也是一种中国式的抽象艺术，还是有艺术个性的书法家在笔法连续运动中留下的轨迹，虽然它远离了具象，但在传统的书法认识中，一篇书法、一个字的书写，乃至一个点画，都既是一个宇宙，又是一个生命，更是书家的心迹。

从宇宙意识而言，对立统一的运动变化，无外"阳舒阴惨，本乎天地之心"。从生命意识而言，不但要有"筋骨肉"，而且要有"精气神"。从心迹意识而言，不仅要表现感情，所谓"情动形言，取会风骚之意"，并且要表现书家的性情、个性、格调与精神境。中国书法是依据的汉字，"远取诸物，进取诸身""指事""会意"等构成原理，都离不开中国人把握世界的思维方式。历代积淀的用笔要求，比如"无往不复，无垂不缩""欲左先右，欲下先上""如折钗股，如屋漏痕，如锥画沙，如印印泥"，还渗透了充满辩证的中国哲思。离开了这些基本要求，无论有多少新创，都不免建立在丢失文化积淀的前提下，以致显得单薄。

一些中国画的缺失，主要在于创新意识下的"跨界"思维，

"跨界"离开了"固本"的前提，要么丢失中国画本色，要么减弱了艺术质量。中国画固需创新，然而尤需求好，中国画需要开疆拓土，但仍然要具备不同于其他画种的特色，需要讲求民族特色的艺术质量。艺术的质量和画种的特色从哪里来？只能从民族文化的积淀中来，从传承民族思维方式与语言方式来。早在上个世纪之初，创新思潮伴随西方文化进入中国之时，金北楼就在《画学讲义》中指出："深知无旧无新，新即是旧，化其旧虽旧亦新，泥其新虽新亦旧。心中一存新旧之念，落笔虽无法度之循。"当然遵循法度的本质，是传承中国画学之理，而不是不再发展丰富。明了并且掌握了中国画法理的文化特质，在变法图新时才不会倒洗脚水把孩子也倒掉。

原载《中国书画》2010年第4期

忆郑奇

　　突然听说郑奇去了，以他的盛年，很容易想起"玉楼赴诏"的典故。他当然不是李贺，可同样是天分很高的人。我们虽然专业同行，可惜郑奇长期在南京，我则在北京，天南地北，接触有限，却给我留下了深刻的印象。

　　还是在 20 世纪 80 年代，一天我正在中央美院办公室小坐，突然进来两位找我的年轻人，一位是今天已大名鼎鼎的陈传席，另一位就是郑奇。他们拿着扬州薛锋先生的信函，专门来北京看我，那时我正研究扬州八怪，彼此谈文论艺，相得甚欢。

　　不久我带学生去扬州，专门拜访了他。他不但深究美术史论，而且擅长书画。我们那次见面，不但讨论八怪和传统，也一起挥笔作画，他送给我的作品是幅花木，不像他后来的浓墨重彩，清空简远，颇有八大山人的禅意。

　　郑奇治学每每蹊径别开，先是，我看到他一篇重新认识董其昌的文章，见解透辟，发前人所未发。那次我去扬州，获悉他正在开设烹饪美学。我不禁想起台湾的徐复观，他说中国人讲究生活的艺术与艺术的生活，而郑奇关于烹饪美学的研究，不但发挥了淮扬菜产地的地缘优势，而且深得中国美学的妙义。

后来，听说他拜在董欣宾门下，多年住在"天地居"，原以为他向欣宾学画，后来不时收到寄来的两人合著，我才知道他们的关系在师友之间。没有他对董欣宾的帮助，《中国绘画对偶范畴论》《六法生态论》和《太阳的魔语——人类文化生态学导论》等颇有新见的著作是不能问世的。

更后，我忽然每月都收到南京博物院的《东南文化》，编得很有学术性，比一般博物馆刊视野开阔，主编署名郑奇，我才晓得他已到南博工作了。那时他的研究也转向书画鉴定与书画鉴赏，有一篇在学界影响甚广的论文，名为《三大鉴定家与书画鉴定学》。文中对谢稚柳、启功和徐邦达治学特点的论述颇有见地。

五六年前，他在南京航空航天大学文化产业研究中心副主任任上，为了筹建南京航空航天大学的博士点，来北京聘博导。他首先想到了我，可惜我的年龄已不适合要求。那是我最后一次见到他，依然长身玉立，略感沧桑。

图34 郑奇《梅竹》方壶楼藏

郑奇去世前任南艺美术学院教授、博导。他长期研究国画理论、美术史、书画鉴定，兼及美学、文化学、社会学、佛学、艺术批评，擅长书画，亦能谱曲。虽然多能兼擅，是跨学科的人才，但他的主要建树还在绘画本体论上。他的去世，不但是美术学界的损失，我也过早地失去了一位年富力强的友人。白头闻讣，曷胜浩叹！谨以小诗一首，聊寄缅怀之忱。

犹记嘤鸣廿载前，迢迢千里结文缘。画贻花木珍超逸，笔主《东南》叹涌泉。

难忘助人成巨著，欣看鉴画论前贤。"玉楼赴诏"飘然去，宛在音容黯淡天！

原载于《仰观荷花分外高——郑奇追思文集》，
南京大学出版社，2010 年 8 月

我法与古法

——读石涛画论

绘画的生命力，在于创造，创造的特点，离不开艺术个性的树立。近现代的画家，每以石涛的"我用我法""我之为我，自有我在"阐述艺术个性问题，但并不了解石涛认识的发展变化。石涛最早提出"我自用我法"，在初游黄山之后，时当1667年。他在这一年的某则题画中称："画有南北宗，书有二王法。张融有言：'不恨臣无二王法，恨二王无臣法。'今问南北宗，我宗也？宗我也？一时捧腹曰：'我自用我法。'"（《大涤子题画诗跋》）他提出"我用我法"，针对的是画坛风行的"南北宗论"，反对的是膜拜古人而无所创造。他这种主张，对于摆脱清初摹古理论的束缚，改变一味在前人范围内讨生活的师古不化，颇有积极意义。《大涤子题画诗跋》的另一则题画，从古法创立的过程指出："古人未立法之先，不知古人法何法？古人即立法之后，便不容今人出古法，千百年来，遂使今之人不能一出头地也。师古人之迹而不师古人之心，宜其不能一出头地也，冤哉！"同样显示了以突破古法而"自用我法"为追求。

但十余年后，亦即 1691 年，石涛改变了看法。《玉几山房画外录》所记石涛题《自画山水卷》曰："吾昔时见'我用我法'四字，心甚喜之。盖为近世画家专演袭古人，论者亦且曰，某笔肖某笔，不肖可唾矣。及今番悟之，却又不然。夫茫茫大盖之中，只有一法。古人得此一法，则无往非法。而必拘拘然名之为我法，吾不知古人之法是何法？而我法又何法耶！……吾今写此卷，并不求合古法，亦并不定用我法。皆是动乎意，生乎情，举乎力，发乎文章，以成变化规模。则论者指而为吾法也可，指而为古人之法也，亦无不可也。"

在这一段议论中，石涛反思了他原来的主张，不再强调"我用我法"，也不再考虑是否"合乎古法"，对我法的形成，有了更深的悟解。他意识到"茫茫大盖之中只有一法"，"古法"来自这一法，"我法"也来自这一法。在作品的创作中，"我法""古法"又都莫不"动乎意，生乎情"，进而借助学力加以表现。其

图35 清 石涛《画谱》书影

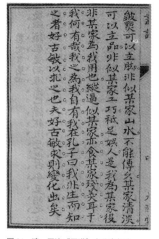

图36 清 石涛《画谱》变化章部分

实他已经把对法的认识上升为理了，上升为对艺术创作规律的认识了。同一年，他创作了《搜尽奇峰打草稿图》（北京故宫博物院藏），在自题中重申师法造化的传统，并称："不立一法是吾宗也，不舍一法是吾旨也，学者知之乎？"

石涛晚年的《画语录》与其修订本《画谱》，都在"变化章"中标举"我之为我，自有我在"，进一步论述我与古、法与化的关系。《画语录》原句为："我之为我，自有我在。古之须眉，不能生在我之面目；古之肺腑，不能安入我之腹肠。我自发我之肺腑，揭我之须眉，总有时触着某家，是某家就我也，非我就为某家也。天然授之也。我于古何师而不化之有！"强调的是创造，是师古而化。而《画谱》则称："我之为我，自有我在。孔子曰：'我非生而知之者，好古，敏以求之也。'夫好古敏求，则变化出矣。"进一步强调，学古与敏求，是变古为我有法而化的必要条件。

系统考察石涛关于"我用我法"与"自有我在"的理论认识，可以发现他的认识是不断深化的，越是到后来他对古与我、法与化辩证关系的认识越是透脱。他一方面反对只知有古不知有我，反对以古法窒息对大自然的直接感受；另一方面又主张以继承传统好古敏求为师古而化"自有我在"的前提。在他的心目中，艺术个性的树立，既不是离开师造化而编造个人的图式，也不是彻底反传统割断历史的产物。总起来看，他的认识是不需要先设计我法，更不需要放弃可用的古法，而是在"搜尽奇峰打草稿"感受大自然的过程中，以"一画"之理打通我与古，中发心源，体现个人的禀赋修养，自然而然地形成自己丰满而独特的艺术个性。当下不少画家强调自我、追求个性、标榜个性，但总觉个性比较单薄，唯其如此，在如何理解艺术个性的确立上，石涛的认识及其发展变化，当能给我们以有益的启示。

原载《荣宝斋》2011 年第 9 期

美术研讨会一瞥

美术界的研讨会，可谓多矣。除去一年一度的高校美术史学年会和批评家年会以外，大略有三种：一曰学术与艺术研讨会。主办单位是高校、博物馆或研究单位，主持人与研讨者皆学界实力派，时亦有硕博士生参加。讨论的问题有美术史美术理论的专门论题，也有全局性的前沿课题，但强调学术性、专门性。研讨会中，不仅有学术成果的发表，而且有不同意见的讨论，虽然不求达成共识，然而能够开阔思路。这种研讨会，大多没有劳务费或车马费，也不一定负责外地到会者的差旅费。

二曰美术工作研讨会，主办者往往是中央和地方的美术文化管理部门，承办者则为画院、美术馆与理论家组织。主持者多是有社会职务的理论专家，研讨者则以学者为主，也有画家。研讨的问题，大多是关系到文化建设与美术发展战略的大问题，可以显示主管部门的重视，也可以体现工作业绩。一般而言，这种研讨会比较规范，开会前已完成论文，开会既是研讨会论文集的首发，也是论文要点的宣讲，论文有稿费，办会方面负责差旅费和落地接待。

三日美展研讨会，尤以配合个展者最多。大量的个展、联展，不管哪些单位领衔主办，赞助往往来自市场，并向与会专家支付劳务费。早些年，研讨会开法多样，近年则形成了一定模式。北京的情况是：研讨会多在展览开幕后立即进行，一两位主持人为中老年权威专家，参加者均为当地美术理论界名流，人数为 15 ～ 20 人。程序是主持人介绍到会专家，对展览进行介绍评述，而后大体以年齿为序陆续发言，主持人小结，办展画家致辞，最后安排到附近用餐。

前两种研讨会，一般都有配合研讨的展览画册出版，然而开得各有长短。就长处而言，前一种学术性强，后一种视野开阔。就短处而言，前一种有时选题太专，后一种有时题目过泛。最后一种展览研讨会，开得最多，影响也广。因展出作品丰富，甚至包括宝贵文献，同时出版大型画册，还以较大篇幅于报刊登载，无疑对于当代美术的研究提供了极大方便。而研讨的及时，成绩的回顾，经验的总结，缺憾的关注，总会接触到问题，有利于活跃思想，推动创作。同时，理论家应传媒邀请的现场访谈，也为普及美术、介绍画家、促进美术的繁荣发展做了努力。

然而，人们对最后一种展览研讨的诟病也不少，可以概括为五：一曰看也匆匆论也匆匆，形式大于内容。参加研讨者在开幕式后匆匆看展，时间少，看得急，除非早有了解，难以了然于胸。加以被邀发言者多，时间明显不够，为了都能发言，有经验的主持人遂规定每人发言不超过 5 分钟，或者不超过 6 分钟，守时者常常言不尽意，超时者一般不得人心。盖因人数多于时间也。外人看来，研讨会的仪式作用，似乎超过了所研讨的内容。

二曰说众多于听众，三曰论家多于画家，四曰老年多于青年，五曰摆好多于批评。近年较多的展览研讨会，所邀的专家，除去个别的画家友人，基本都是理论家，而且以功成名就者为主，年龄均在50开外以至年逾古稀。好像研讨会只是理论家的工作范围，画家不便插足。办展画家因多接待看展友人，也不能全程听会。研讨会现场除媒体记者外，几乎没有几个听众。放眼看来，不仅仅说众多于听众，老年多于青年，有时几乎成了理论家的自说自话。

以上展览研讨会的问题，不仅早已引起注意，而且正在积极改进。改进的措施可以获悉以下方面：一是把配合展览宣传的研讨会，变成筹备展览过程中讨论创作的研讨会。二是积极推动青年美术理论评奖活动，以便推出新人，为研讨会专家的年轻化铺路。三是在展览研讨会前，为被邀专家送去画册，以便提前观览，思考研究，有备而来，使简短的发言言简意赅，褒贬有据。四是平面媒体在刊发研讨会记录前，为保证质量，利于正确传播，一律送发言专家推敲补正。五是把展览研讨画家与研讨问题结合起来。

相信美术界的各种研讨会，会不断发扬成绩，克服弊端，越开越好，为推进学术繁荣创作多做贡献！

原载于《中国书画报》第2期（总2393期）

书画鉴定二题

书画鉴定原是一种眼力，上世纪开始成为一种学问，随着市场的繁荣，收藏家与投资者的增长，不同意见的争论，越来越被关注。如何发展书画鉴定，本文谈两点浅见。

一是鉴考体系、实物关照与科技手段。书画鉴定的任务，是辨别验证作品的时代与作者。书画本身无疑是鉴定的对象，但对于有收藏流传历史的书画，鉴定的对象还包括流传过程中的附加信息的辨别验证，也即包括书画装裱的材料与格式，书画本身以及装裱部分的收藏印记、题签、题跋等等。唯其如此，明末的鉴藏家张丑在《清河书画舫》提出涵括观书画神韵、考历史流传、辨纸绢年代和识临仿技巧的书画鉴定的框架，为鉴考书画的时代与真伪指明了系统观照的要领，成了近代权威鉴定家构建书画鉴定体系的历史渊源。

这种书画鉴定体系，强调了"（目）鉴"与"考（证）"的结合，之所以如此，是早先的书画鉴定非常看重目鉴，甚至迷信目鉴的判断力。目鉴的方法是风格比较，要以丰厚的学养为背景，以丰富的经验为基础，是以真迹风格特征的视觉记忆为依据，来验证被鉴定作品的真伪。一致者为真，不一致则伪。如果据以比较的视觉记忆模糊，则无法进行有效验证，假如用以建立视觉记忆中被认为真迹的作品是伪作，那么假作真来真亦假，势必会得出错误判断。因此目鉴本领的形成，离不开自觉建立视觉记忆中时代和作者确凿无疑的比较样板。

考证则不停留于视觉印象的比较，而是以坚实的学力为基础，以科学的思维为金针，通过旁征博引，考核史实、考证内容、考证题跋、考证印章、考证记载、考证该书画的流传过程，从归纳例证，用可信材料，做出有理有据的结论。值得注意的是，书画遗存不同于文献记载，它的实物性与视觉特性是不可替代的，不仅书画本身要看笔墨风格精神气质，印章、题跋也同样要审视其差异，甚至纸绢材料及其老化的程度，都有着精微的差异，都必须面对作品查看。所以，考证不能离开鉴定，而鉴定的对象不能是缺乏物质性的图片和影像，而必须是实物原件。

书画的风格固然是鉴定的主要依据，而书画材料诸如纸绢墨色印泥的时代属性一样不容无视。几十年前，黄宾虹就在《古画出洋》一文中，指出了科技手段对于书画鉴定与时俱进的意义。近些年的书画鉴定实践表明，在书画鉴定体系中，在以风格比较为特征的"目鉴"和以文献考索为手段的"考证"之外，应该纳入现代科技手段的"检测"，使之弥补视觉把握和文献考据的局限。具体有两个方面，次要方面是用科技手段变微为著地放大清晰被鉴定书画者的视觉图像，主要方面用科技手段在不破坏作品的前提下收集可以验证时代的系统数据并以科学仪器直接检测材料。

二是学术争论与鉴定机制。老一辈权威的书画鉴定家都具有很强的目鉴能力，也不乏扎实的考据功夫，但是面对不同时代的不同书画的鉴定，仍然会出现两种情况。其一是，由于被鉴作品年代久远信息散失，难于立即得出明确无误的结论，需要存疑和代考。其二是，面对同一件作品，尽管有不少英雄所见略同的例证，但因经验不同，着眼点差异，据以立论的材料有别，有时亦不免见仁见智，各方均言之成理，持之有据，而结论完全不同，互不相让，不能定于一尊。新世纪以来，因特殊条件造就的老一辈书画鉴定的权威专家又相继离世，更提出了一个鉴定运行机制的问题。

从学术争鸣而言，求真与商榷都是必须的，真理越辩越明，往往需假以时日，而市场的流通，入藏的拍板，又时不我待，因此需要一种既不因学术争鸣而影响流通，又不因流动而影响学术的机制：第一是在没有充分证据证伪的情况下，参考"疑罪从无"的原则，把学术争论与市场流通严格区分开来，对于没有定论或争论不休的书画，收藏流通可以沿袭记载明确的前代权威鉴定意见。第二是剥离书画鉴定与市场利益的直接挂钩，建立独立的由文化部门主管的靠文化基金支持的书画鉴定机构，负责研究实施进一步把科技手段引入书画鉴定，并组织对有争议作品的时代归属和基本价值做出客观的评估。以具有现代知识结构的专家群体的"会诊"，弥补传统权威的不再。

原载《人民日报》2014 年 3 月 23 日第 12 版副刊

没骨的新变

——当代没骨画提名展序

中国画无外水墨丹青，虽然长期以水墨为主流，但亦有发挥色彩的没骨传统。改革开放以来，在工笔重彩画重现辉煌的过程中，现代没骨画的兴起成为一道亮丽的风景线。20 世纪 80 年代，在"北京工笔重彩画会"和"中国当代工笔画会"相继成立之后，李魁正等八位风华正茂的画家于 1991 年组成了"中国现代没骨画派"，翌年在中国美术馆举办了《中国现代没骨画展》与"研讨会"，正式发表了《没骨画的重新崛起——中国现代没骨画宣言》（李魁正撰）。从此，古已有之的中国没骨画进入了全新的发展阶段。

在中国画史上，"纯以彩色图之"的没骨画法，向来是"勾勒设色"画法之外的重要传统。其中的没骨花鸟画，相传由五代画家徐熙的后人徐崇嗣所开创，继承发扬的突出代表，是明代的孙隆，清代的恽寿平、任伯年和近代的张大壮。其中的没骨山水画，相传始于六朝的张僧繇，隔代传承发扬者为明代的董其昌、明清之际的蓝瑛和近代的吴湖帆等。而没骨人物画出现较晚，但任伯年以天纵之才，融会贯通，用色彩取代宋代梁楷人物画的大笔泼墨，成功地扩大了没骨画领域。

传统的中国画，自六朝以来便讲求"气韵生动"和"骨法用笔"，主张以富于变化的笔法线条，描绘对象的骨体与神韵。而没骨画的得名，除去"以彩色图之"的特点以外，恰恰与隐没了体现"骨法"的线条有关。同样隐没了线条的没骨画，在历史上大体有两种形态，一种是刻画精细的工笔没骨，另一种是提炼潇洒的写意没骨。两者的共同特点，除去隐藏了笔踪，不再以线条勾勒交代物体的轮廓和结构，再就是基本上以色代墨，用色又以固有色为主。

然而，没骨画并非真的"无骨"，只是不把"骨法"视为外露的笔法线条，而是看成支撑筋肉的内在结构。古往今来的优秀没骨画家，都成功地实现了似乎无线而有"天然的笔线"。这"天然的笔线"，或者是画中物象的边缘，或者是成块色彩借助水分在转换冲撞时自然出现的痕迹，同时，也成功地实现了似乎无骨而有骨法的"内在结构"。再者，没骨画从来也没有完全拒绝墨色的使用，只是坚持以色彩为主要手段而已。

实际上，自清代后期中国画向现代转型以来，没骨画法就在中国画的演进中发挥了重要作用。工笔花鸟画法的发展，与没骨画法中的"撞水""撞粉"密不可分，大写意花鸟画的长足猛进，更有赖于水墨与没骨结合，当然也离不开泼墨与点乱的交汇融通。近三十余年来，有志于现代没骨画的画家，深刻认识到为了有效表现新的视觉经验必须发挥色彩的作用，也认识到当代中国画在走向世界与其他民族绘画的交流互鉴中，没骨画可以起到跨文化沟通的独特作用。

在上述认识的引领下，现代没骨画的形态开始有二。一为工笔没骨，特点是弱化线条，在细腻的描绘中，强调色彩和光感，但那色和光并不是客观的呈现，而是投射在意象中的心灵之光和理想之色，技法上则使用古人所无的层层渍染、冲染、点染的方法。二为写意没骨，特点是以面代线，消解线条，把水墨写意的画法用于没骨，虽以色彩为主，但亦融入淡墨，尤能发挥水分作用，大笔挥运，兼以"围染"和"融染"。其后，没骨画更获得了多姿多彩的发展。

经过上世纪90年代以来的长期探索，现代没骨画有了长足的进步，其画法不仅广为各类中国画所采纳，而且作为一个门类

图 37　李魁正《荷塘蜻蜓》方壶楼藏

已经成为表现时代风骨的重要艺术形式。"时代风骨——当代没骨画提名展"及其画集的出版，是当前美术界和中国画坛非常有学术意义的活动。策展的旨趣，在于更好地继承没骨画的优良传统，弘扬没骨画的时代风骨和当代精神。而展出的作品，来自老中青三代 29 位画家，其水平整齐、面貌多样，反映了当代没骨画的新面貌与新气象。

展出的没骨作品，有人物，有山水，也有花鸟。有写实，有夸张，有构成，也有装饰。有抒情性，有象征性，也有观念性。无论在精神内涵表达的探索上，造型能力的得心应手上，没骨语言方式的丰富上，还是在画法技巧的完善上，抑或是风格面貌的多样上，都取得了前所未有的最新收获。假若仔细考察，可以按题材或风格分成若干类，分别讨论各类的成就与突破。但如果从整体着眼，则可以看到现代没骨画区别于古代没骨画的四大特点。

第一个特点是兼容并包的综合能力。传统的没骨形态，兼容能力有限，相对比较单一。现代没骨画不仅贯通了古今，而且融合了中西。不仅打通了工笔与写意，设色与水墨，水彩与没骨，装饰与构成，而且把"随类赋采"的概括性与主观色彩的强烈性统一起来，把讲求色彩补色关系的传统与重视色彩的冷暖关系结合起来，同时着意于色调的表现力，在充分发挥绘画性的同时，也吸收类似浮雕感、版画感或石刻感的表现力。

第二个特点是诉诸心灵的朦胧体格。传统的没骨，虽然也借助"迁想妙得"的构筑意境，虽然也追求天人合一的气韵，但折枝一类单摆浮搁的图式与平面空白代替的空间，都不可避免地过于清晰，减弱了视觉的功效。而不少现代的没骨画，尽管仍然是平面的，一般不追求三度空间的深度表现，但在染天染地的构图中，把光色气雾的表现提到重要地位，使画中意象表达实虚相生，如梦如幻，不仅增强了整体精微地表现视觉感受的能力，而且前所未有地传达出幽玄瑰丽的精神境界，或者情思迷惘的潜意识，或者自由超脱的心理诉求。

第三个特点是技巧画法的开拓创新。传统的没骨画法，工笔的主旨是渲染，写意的主旨是点笔。但是现代没骨画的技巧画法非常多样，通常以冲撞（撞水、撞色、撞粉，冲水、冲色、冲粉等）、接染（用蘸有不同颜色的两种以上的笔相互接染）、点染、渍染等技法达到物象与色痕融一、色墨交融互渗，形成自然流淌或厚积薄发的肌理效果，既把水墨画中的泼墨、破墨、积墨、渍墨，转化为没骨画的技法，又吸收了西方绘画的有益因素，既发挥了有控制的水分流淌与撞击的湿画法，又发挥了点彩与积染的干画法，从而保证了画面的意韵之美。

"时代风骨——当代没骨画提名展"的举办，适逢国人为实现中华民族伟大复兴的中国梦而高歌猛进之时。这些精美的作品表明，经老中青三代的持续探索，积三十余年的积极实践，贯古通今、融汇中西的绘画语言日益成熟，既为传统没骨画注入了新机，也为表现民族精神弘扬中华美学贡献了力量。展出不但为广大观者提供了视觉的盛宴、精神的家园，同时也积累了在传统基础上与时俱进融会贯通的经验。相信参展的画家，一定能在相互交流中，在与观者的互动中，发扬探索精神，强化没骨意识，把成熟的没骨画推向更新更美的境地。

原载于《时代风骨——当代没骨画提名展作品集》，

香港集雅斋有限公司等印行，2015年

油画家与工匠精神

在中国古代，从三代到秦汉三国，最早的艺术家都是无名工匠。后来虽然有了文人艺术与工匠艺术的分别，一些文人画家甚至鄙薄匠画，然而说到底，文人艺术的历史基础正是工匠艺术。真正懂得传统的近现代艺术家，尽管比一般的匠师厚于学养，富于人文关怀，然而重视工匠艺术传统，研究工匠艺术精神，恰恰是他们的共性。

记得观念艺术传入之后，靳尚谊不止一次指出，油画是"手艺活"。确实，手艺活不同于观念艺术之处，在于离不开技艺，在于得心应手，在于匠心高妙和技巧高超的统一，在于有独创，有"绝活"。艺术家既是一定意义上的思想家，又是靠手艺创造艺术世界的造物者。从前一方面而言，艺术家应该是鲁迅期望的"行路的先觉"；从后一方面而言，艺术家又必须是能工巧匠。

油画属引进画种，早已在中国扎根成长，形成民族特色，成为艺术百花园中引人注目的风景线。虽然，油画的工具材料与传统的中国水墨画不同，艺术语言也具有不同于其他画种的特色，但是，前辈油画家莫不重视油画的民族化，莫不重视从工匠画与文人画的并立和互补中继承民族的优秀传统，同样重视继承发扬工匠精神。

以 20 世纪油画大家为例，徐悲鸿与林风眠的艺术路径不同，徐悲鸿把写实主义与宋代的"精于体物"相结合，林风眠把印象派以后现代绘画的因素与中国民族民间绘画的境界相结合，在"为人生的艺术"上各有所长。虽然如此，他们同样高度重视出身于木工的国画巨匠齐白石的艺术，不约而同地执意聘请齐白石在所主持的美术院校中任教。

这也并不偶然，出身画师家庭的徐悲鸿，一向重视民间的美术工匠，在天津听说泥人张后，便立即前往探访。在所写《对泥人张感言》中，他不仅对泥人张的艺术倍加称赞，也高度评价南昌木刻工匠范振华的人像作品，指出工匠艺术家是安心所业的无名英雄，并从艺术造诣出发，批评一些自称大师的艺术家远不如匠师。

林风眠出身石匠家庭。他在《回忆与怀念》中记载，儿时即充当祖父小助手，帮助磨凿子、递榔头，看祖父在石头上画图案和刻花样。也许唯其如此，林风眠在自己的艺术中，积极吸收民间艺术的营养，比如，定窑和磁州窑器物上古朴流利的线条，战国楚漆器、汉代画像石、民间皮影单纯概括的造型。

考察上述两位油画家心目中的工匠艺术与工匠精神，联系美术史提供的经验，可以获知，工匠精神的内涵，包括几个方面。首先，工匠精神是敬畏职业忘我投入的献身精神，是一种甘于寂寞、不怕吃苦、持之以恒的敬业精神。这种精神通过林风眠的祖父也影响到林风眠，尽管他没有按祖父的期望继承石匠手艺，但正如他后来所说："我的双手和手中的一支笔，恰也像祖父的手和他手中的凿子一样，成天是闲不住的。"

徐悲鸿敬佩的"功力深厚"的明代仇英，出身漆工，绘画作品精致工丽，又有文化内涵，作画时排除一切干扰，全身心投入。董其昌说，"实父（仇英）作画时，耳不闻鼓吹阗骈之声，如隔壁钗钏戒，顾其术亦近苦矣！"意思是仇英忘我地从事创作，根本听不到各种声音，好像修行者力戒听到隔壁传来女性特有的钗钏声一样。

第二，工匠精神也是一种精益求精的精神，为了追求完美，永不满足已有成就，不断变法图新。齐白石就是如此。他在"衰年变法"之后，继续在所擅长的题材方面变法不止，曾题画《虾》说："余之画虾已经数变，初只略似，一变毕真，再变色分深浅，此三变也。"其后，他进一步提炼、夸张，在《芋虾》上题道："余画虾已经四变，此第五变也。"终于实现了出神入化。

再者，工匠精神还是一种符合规律的创新精神，也是一种放手大胆而不失精微的精神。对被民间画工奉为画圣的吴道子，林风眠视其《地狱变相图》媲美于米开朗琪罗的《地狱图》。徐悲鸿收藏的《八十七神仙图卷》，经张大千推测为吴道子粉本后，悲鸿则在题跋中称道："吴道玄在中国美术史上地位，与菲狄亚斯在古希腊相埒！"对吴道子给予极高的评价。

在苏东坡心目中，吴道子"犹以画工论"，吴体现的工匠精神，苏轼在《书吴道子画后》中指出："出新意于法度之内，寄妙理于豪放之外。"也就是说，吴道子能在符合法度的要求中画出新意，能在豪放不羁的风格之外体现客观的规律。成功的艺术作品，都是严格训练的产物，只有基础扎实，不断精进，方能笔无妄下，收放自如。徐悲鸿称赞泥人张的"艺之精者几于道"具有同样的含义。

近年，美术界盛倡写意精神，油画界也发展了写意油画。有人会问，工匠精神与写意精神是什么关系，是否难以协调？其实写意精神与工匠精神并不矛盾。重视工匠艺术的林风眠的油画，就注入了写意精神。同样重视工匠艺术的徐悲鸿，虽然奉行写实主义，但他亦曾在《论中国画》中指出"写实主义太张，久必觉其乏味"。可见他并不排斥写意精神。

实际上，注重理想表达和内心彰显的写意精神，并不始于文人写意画，早在彩陶、青铜、汉画中已经出现。体现写意精神的作品，可以是工致精细的形态，也可以是豪放概括的形态。两者都需要真情实感的发抒，需要天人物我的和谐统一，也需要细节的认真对待，不管是造型、色彩，还是构图，都是差之一毫谬之千里的，都需要对细节精益求精的工匠精神。

齐白石属于大写意画家，整体面貌似乎粗笔大墨，但精细不苟。他在画虾的多次变法中，为强化感受，大胆剪裁、夸张、幻化。除去背腹节数和虾腿的减少外，有两个极为突出的特点。一是虾头点墨的恰到好处，开始头身均用淡墨，已感明显透明，后在半干的头部点以重墨，既使虾头与虾身的体积感判然有别，也增加了游虾的运动感。二是虾眼画短直线的神来之笔。原来画虾两眼均作小圆点，形似有之，传神不够。后来把圆点变为短直线，表现出河虾眼睛在光线下闪动的感觉，以幻化的手段，实现了微妙传神。苏东坡还在观赏汝州龙兴寺吴画壁之后发表感想说："始知真放本精微，不比狂花生客慧。"确实，发挥写意精神实在离不开重视细节的工匠精神，只有通过精微的细节，才能保证大智慧的实现。

　　徐悲鸿和林风眠，都既是油画家，也是国画家，还是美术教育家。徐悲鸿在《致晨光美术会》中，对于想成为艺术家的人，提出了三条：一是极精锐的眼光、灵妙的手腕，二是有条理之思想，三是有不寻常之性情与勤。林风眠在《艺术家应有的态度》文中，提出了四点：一远功利的态度，二爱自然的态度，三精观察的态度，四勤工作的态度。可以看到，在总结艺术家成才经验方面，他们都吸收了工匠精神的传统。

原载《油画》2016 年第 2 期

在第 34 届世界艺术史大会第 12 分会场的中方主席致辞

　　我有机会担任"园林与庭院"分会的三主席之一，同 Antoine Gournay——顾乃安教授、黄小峰教授一起分享大家的研究成果，感到非常荣幸。作为这一分会场的中方主席，作为东道主之一中央美术学院的教授，我要对来自国内外各地发表论文的同行朋友表示热烈的欢迎和真诚的感谢，对前来参与讨论的同行朋友和同学表示由衷的欢迎。

　　我本身是研究中国美术史的，在研究明清美术史时发现，苏州、扬州的园林美不可言、引人入胜，而且和我在欧洲参观的凡尔赛宫花园各有不同特点。中国苏州的不少园林，由楼阁、厅堂、廊子、水池、假山、花墙、花树、家具有机组成，不突出建筑物，突出山水树石，把巧思融化在自然中，虚虚实实，千变万化，起伏错落，很不规则，所谓"虽由人作，宛若天成"，追求人与自然的和谐。

　　凡尔赛宫的园林，有宫殿，有教堂，有剧院，有道路，有草坪，有雕塑，有喷泉，首先突出的是建筑，布局以主要建筑为中心放射，花草树木都修剪得方方整整，接近规则的几何图形，表现为一种人工的创造，体现了人力改造自然的成果。两种都是美，但各美其美。

而扬州晚清的何园，又在建筑上中西融合，好像还有教堂的花玻璃，这又是一种美。无论哪种园林美，哪种庭院美，都是自然与人工的结合，自然美与人工美的结合，反映了人类与自然的关系，反映了物质文化与精神文化的关系。也体现了中西园林和庭院的共性，这就是为了补偿日常生活环境的不足，一方面为了满足实用和生活需要，另一方面为了满足审美和文化心理的需要，从而在设计建造园林和庭院上发挥创造力，同时互相借鉴，丰富完善自己。

第 34 届世界艺术史大会的主题 Terms——概念，是与第 33 届世界艺术史大会的主题 Object——物体相呼应的。我理解从 Object——实物切入，把握艺术史客体，也就是研究对象的特点，在跨文化交流中比较容易进行。而从艺术史研究的主体（研究者）角度使用的 Terms 概念考虑，有一定难度，但如果不是泛泛而论，而是把握住园林与庭院史中的学术概念与术语，比如中国园林里的"叠山""借景"，就会研究交流得更为深入。况且，概念还直接关系到帕诺夫斯基所说的艺术史作为人文学科的本质。人文学科与自然科学，虽然各有所攻，但也有相通之处，这就是都为了消除愚昧与落后，追求进步与文明，解放人类的自身。

还是在世纪之交，中国的一位科学家钱学森就提出了"建山水城市""画城市山水"的理念。他的"画城市山水"，前提是心目中的"山水城市"，他的"山水城市"理念，包括了城市建设的园林意识和山水画思维。他说："所谓'山水城市'，就是将我国山水画移植到中国现在已经开始、将来更应发展的、把中国园林构筑艺术应用到城市大区域建设，我称为'山水城市'。"他在另一处还说："能不能把中国的山水诗词、中国古典园林建筑和中国的山水画融和在一起，创造'山水城市'。"

说到山水画思维，当然会想到六朝宗炳的"澄怀观道""与天地精神往来"，宋代郭熙的"丘园养素""不下堂筵，坐穷泉壑"。中国的山水画，产生于农业文明时代，前后出现过四种山水：世外仙山（如失传的晋顾恺之《画云台山》）、乡野林泉（如失传的唐王维《辋川图》）、园林斋馆（如朱德润《秀野轩图》）、城市繁华（如张择端《清明上河图》）。但主流并非城市风光，而是乡野林泉与园林斋馆，是宜居的自然山水与人造山水。中国古代山水画的传统，不是简单地反映现实，而是表达适宜居住的理想："可望、可游"不如"可居"。可居的山水画与园林庭院，表现精神与大自然融为一体的自由，而一些山水画家又都参与了园

图38　在第34届世界艺术史大会园林与庭园分会作分会中方主席致辞

林的设计。据说，扬州何园中的片石山房，就是清代的大画家石涛设计的。

园林和庭院的设计与兴建，与不同文化中地理环境、人文历史、哲学美学及生活方式密切相关。中国的园林，其实是建筑、环境、楹联、绘画、碑刻、书法、诗文（主要是匾额与楹联）相结合的综合艺术。

我们的会议，为了有效地进行跨文化的交流，从遴选稿件开始，就避免陷于空泛的概念，而是直接关注园林庭院存在发展的本体，不忽视园林庭院的技术性因素，更关注其审美特质与文化内涵，把园林和庭院视为文化表达和审美体验的艺术形式进行研讨和交流，既论述不同文化中园林庭院的特色，又讨论同一文化中园林庭院的发展变化，包括中西园林庭院的异同、绘画中的园林庭院、园林庭院中的文化活动等等。

不同文化的园林与庭院，固然离不开地理环境和文化传统，但一致之处是，不仅是创造一个可观之景，而且是营造一个宜居之所。不但体现了艺术与技术的统一，也实现了自然与人文的结合，不但可以尽享城市化的种种方便，同时又领略大自然的林泉之美。在艺术史中，不同文化传统的园林庭院各领风骚，但共同承担着人文关怀的使命，它不仅让人尽享物质文明的方便，而且满足了精神逍遥的诉求。其现实意义，则在于建筑理念应该顺应生态文明的建设。而在这一方面，中国的历史经验是可以作为宝贵资源，为人类共享的。

原载于《美术报》2016 年 9 月 24 日，
发表时题为《不同文化的园林庭院承担人文关怀使命》

《西庐雅集纪念册》问世感言

虽说书画界多有急于求成的浮躁气，但也不乏肯于十年磨剑的静心人。他们潜心地研究学问，借古开今，以群体的合力，丰富修养，提升艺术境界。前年，舒城举行李公麟学术研讨会，承蒙邀约，可惜未能成行。而李公麟名作之一，据称即《西园雅集图》。该图描绘一次文会。地点在画家王诜家的西园，到会者多系诗文书画名家，有苏轼、苏辙、黄庭坚、米芾、蔡襄、李公麟、晁补之、秦观等。内容是：谈诗论画、题壁听阮、读书论道；宗旨为：远离名缰利锁，享受清旷之乐。李公麟学术研讨会后，或者受西园雅集的启发，在合肥创办了公益性的《西庐雅集》课堂，远离孔方的铜臭，不受市场的引导。宗旨在于：辨雅俗、别高低、分正邪，传承先贤的精神遗产，溯源文脉，增添丰厚的文化修养，固本图新。讲课人是美术家中的志愿者，参与者是众多期望交流互动的书画家，讲课的内容，从理论到实践，从诗词歌赋到书画艺术。讲者认真备课，听者潜心治学，共同把书画的根基筑厚，以人品和修养推动艺术攀登。论者谓，西庐雅集既是高尚精神的栖居之所，又是未来名家的培育之地。本人身为美术高校教师，闻之深受鼓舞。近悉西庐雅集已开办经年，有出版纪念册之举，乃走笔略抒所感以志钦佩之忱。

原载于安徽《西庐雅集》（内部印行）2016 年

《水村图》及其二进宫

  一些古代名画，因重要的历史艺术价值，早已成为国之瑰宝，进入紫禁城的宫廷秘藏之列。虽有些被监守自盗者潜运出宫，散失民间，但终于重新收回故宫博物院。元代赵孟頫的《水村图》便是其中之一。我很早就知道这件名迹，可是关于他二进宫的趣闻，却是徐邦达先生最近讲给我的。

  赵孟頫作为书画艺术的一代宗师，他的人马、山水、花鸟和书法都取得了超越宋人的成就，产生了深远的影响。他的山水画像他的人马画和花鸟画一样，以复古为更新。极力和南宋的画风拉开距离，不求水墨苍劲、棱角崭然，但求含蓄抒情、淡宁天真。

  《水村图》是其中年的山水画精品，以丰富的想象力描写友人钱德钧隐居江南的生活环境。全图长 120.5 厘米，以来自五代董源，巨然的林峦和笔墨，用讲求虚实、疏密、浓淡、干湿、韵律的柔劲点线，画出了江南水乡的平远景色：洲渚一望无际，丛树参差错落，沙汀淡荡，芦荻清幽，茅房掩映，舟楫往来，远山平缓迷离，空气湿润空蒙，表现了一片江南的辽阔邈远，讴歌了隐居生活的诗意盎然，表达了对牧歌式和平生活的深情礼赞。从造境绘形和笔墨来看，《水村图》都约略与此前七年完成的《鹊华秋色园》卷相似，但以变小青绿为水墨渲淡，极尽笔墨之变的能事。情境的渺远，山树的模糊，无不较《鹊华秋色园》过之，至于枯毫淡墨简率萧散之处，又非该图可比。

从山水画的演进角度观察，《水村图》的重要意义大约体现在三个方面。一是在境象的创造上，尽管北宋人已提出山水画要让观者觉得"可望、可游、可居"，但实际上画的多是设境宽泛的"游观山水"，而赵孟頫此图却和《鹊华秋色图》一样，开创了以隐者生活环境为描写对象的"高隐山水"（国外学者称书斋山水）。二是在笔墨与景象的关系上，尽管笔墨仍不脱离象形的功能，却赋予了更多的抒情特点，更加自由随意，甚至起到了带动景象生成的作用。这两方面的进展，都对元季四家黄公望、吴镇、倪瓒和王蒙产生了直接影响。三是该图作为文人之间感情交流的媒介，不仅图后有受画者钱德钧自己书写的《水村隐居图记》，而且有钱氏友人和门生邓瑀、顾天祥、陆祖允、顾资深、束从大、赵孟籲、黄肖翁、束南仲、罗志仁、哲里野台、郭麟孙、陆祖宣、林宏、干文传、叶齐贤、姚式、陆桂、龚琇、王钧、汤弥昌、束从周、曹浚、孙桂、钱良佑、俞日华、束从虎、黄介翁、赵由儁、钱以道、陆行直、陆祖凯、束巽之、赵骏声、赵由祚、林宽、束复之、陆承孙、束同之、陆继善、朱梓瑞和徐关等四十余人的题跋。这些题跋有歌、有诗、有词、有赋、有记，或长或短，或一题再题，或称颂隐者的生活方式，或赞美图中景色，或评论画法，或抒发感受。为研究此图和当时文化提供了难得的第一手资料，在古往今来图画中，有如此众多的同时人题跋又保持完整无缺者，当以此图为最，它理所当然地受到学者和藏家的高度重视。

在《水村图》中，还有足以表明此卷流传经过的元明人题跋和明清公私收藏印记。题跋者为元人徐关，明人陈继儒、董其昌、李日华和李永昌。徐关之跋作于至正七年（1347），内称从钱德钧后人钱实之处见此图。陈继儒辛丑（1601）跋谓，自家有文徵明摹《水村图》"书赠王闲仲，与此图逐成延津之合"，董其昌己未（1619）跋云《水村图》原在自家几案，后归程季白。李日华天启癸亥（1623）跋，及李永昌崇祯七年（1634）跋，均称此图仍藏于程季白（因可）。藏印之钤盖者，在明有王敬美、程因可，入清有张应甲、纳兰容若等。图中并有乾隆、嘉庆内府及宣统印玺。从递藏过程，可知此图约在纳兰之后进入清宫。

1911年，辛亥革命推翻了清王朝，末代皇帝溥仪逊位，享受《清室优待条件》"暂居宫禁"，保存"尊号"，仍在紫禁城内称孤道寡，接受遗老朝拜，窃用宣统年号。在1917年张勋复辟失败后，溥仪及皇室为了筹划早晚被清出故宫后的经济开销，便不断以赏溥杰的名义把清宫所藏的宋元版本和书法名画盗运出宫，存往天津租界。1924年，溥仪被逐出宫，清室善后委员会

图39 元 赵孟頫《水村图》及跋 片段 故宫博物院藏

在点查毓庆宫时，发现了"赏溥杰单"等，遂印成《故宫已佚书画目录》，据该书所载，"宣统十四年（1922）九月二十八赏溥杰"目中即有《赵孟頫水村图手卷》，可见《水村图》是在这一年离开故宫的。九一八事变起，溥仪于1932年成为日本侵略者扶植下的傀儡皇帝，《水村图》亦辗转从天津运至长春伪宫。1945年，抗日战争胜利，伪满洲国覆亡，溥仪自长春出逃至通化大栗子，后被苏军俘虏，此画则不知去向。60年代之初，自然灾害导致了城乡群众饥不果腹，北京琉璃厂来了一位自称家在吉林通化大栗子的老者，表示家中藏有赵孟頫的《水村图》，图中有许多题跋和清宫藏印，有意出售，希望欲购的文物店派人至大栗子看画议价。徐邦达先生获悉后，根据新中国成立初曾在大栗子发现溥仪携去故宫已佚书画的情况，判断老者所称《水村图》必为真迹，于是由故宫博物院上报文物局，拟派员往购。但当时文物局考虑便于工作，乃令当地派人前往。往购者抵大栗子后，虽找到老者，但老者表示手中并无《水村图》，几经动员说服，才拿出了一本旧字帖，上边贴了新写的《赵孟頫水村图》的签条。哭笑不得的当地收购者，只好无功而返。徐邦达先生获得这一情况后，认为收购不果的原因在于老者对文物部门心存顾虑，于是策划由琉璃厂文物店出面接洽，商得宝古斋从业者靳伯声的同意后，改由靳伯声再度北上。可是拥有《水村图》的老者仍称并无此图。靳伯声自20年代他二十余岁时即经营字画，鉴别古画眼力不错，伪满洲国垮台后，曾去东北收购了一批被称为"东北货"的故宫已佚书画。有丰富的收购经验，在老者总是不拿出《水村图》的情况下，他便仿效《萧翼赚兰亭》的方法，以自己所收名迹激起老者出示《水村图》的心理，终于见到这件名作，并代故宫博物院以人民币八千元成交，从此，在紫禁城外流浪了四十余年的《水村图》再度进宫，成为故宫博物院的重要收藏之一。那位老者获得卖画收入后，不断往家里买东西，引起当地注意，最后以私卖文物罚了六千元，他实际只得到人民币两千元。

原载于《紫禁城》2020 年第 6 期

后记

《方壶楼画引》，可以说是《方壶楼序跋集》的续编，仍然编录书画集、书画展和美术著作的序跋和评介，并收入其他美术短论与杂议。写作年代始于 1982 年终于 2020 年，文章短至数百字，长者二千余言，年代不同，写法有别，大率有感而发，或有一得之见，多已刊于书籍、报章，少数发表于研讨会，或者待刊。此次结集，个别文章略有删润。考虑集中文章多为引介评赏之文，又以论画为多，故取名画引。此集的编辑出版，要感谢朱万章先生的积极推荐与不断鞭策，尤其是他的审校之劳。也要感谢在查找文章、转换文本和校对文稿中付出辛劳的余洋学弟、马丽莎儿媳。李方红和郭怀宇学弟亦曾提供分类意见，邓锋学弟、徐晴付君、儿子薛宇也为此书配图付出了辛劳，例当附记于此。最后，还要感谢丛书策划唐饮真先生和北京联合出版公司。

薛永年 2020 年 9 月

图书在版编目（CIP）数据

方壶楼画引 / 薛永年著． -- 北京 ： 北京联合出版
公司，2021.12
（至元述林）
ISBN 978-7-5596-5662-9

Ⅰ．①方…Ⅱ．①薛…Ⅲ．①序跋—作品集—中国—
当代 Ⅳ．①I267

中国版本图书馆CIP数据核字（2021）第220239号

方壶楼画引

作　　者：薛永年
出 品 人：赵红仕
责任编辑：夏应鹏
装帧设计：一千遍工作室

北京联合出版公司出版
（北京市西城区德外大街 83 号楼 9 层　　100088）
北京联合天畅发行公司发行
北京飞达印刷有限责任公司印刷　　新华书店经销
字数 204 千字　　850mm×1230mm　　1/32　　印张 9.3
2021 年 12 月第 1 版　　2021 年 12 月第 1 次印刷
ISBN 978-7-5596-5662-9
定价：58.00 元